Ô saisons, ô châteaux,
Quelle âme est sans défauts?

Rimbaud

Prima parte

C'erano stati anni in cui vi capitavo all'improvviso, da solo, talvolta per una serata che scivolava via tra cena e saluti agli amici. Ripartivo la notte stessa, o il mattino prima che schiarisse. Da quelle fughe riportavo un senso di libertà adulterata, l'ebbrezza dell'accelerazione nel lasciarmi alle spalle facce troppo familiari e vite stagnanti. Poi qualcosa era cambiato. Mi era nato il desiderio di riafferrarle, quelle facce e quelle vite, e a poco a poco la mia consuetudine nel paese di Castagneto era tornata a consolidarsi: da quando era nata Giulia, io e Carla non vi passavamo mai meno di tre settimane, in estate. Avevo ripreso a considerarmi uno del posto.

Stavamo nella vecchia casa dei miei nonni, e per quanto fossi legato a quell'abitazione in cui avevo trascorso le estati dell'infanzia e della prima giovinezza, ora non potevo che essere d'accordo con Carla nel considerarla piccola e scomoda. Un tinello minuscolo, due camere da letto e il bagno, neppure un divano. Da così tanto ragionavamo di una ristrutturazione di quelle stanze, che il proposito stesso era diventato una specie di barzelletta familiare. Partivamo con la stationwagon gravata di bagagli: noi due pieni di buona volontà che regolarmente appassiva appena varcata la soglia, un po' perché era difficile in tempo di ferie reperire gli indispensabili artigiani, un po' perché il nostro sentirci in vacanza minava ogni determinazione nell'attuare progetti. In fondo, ci pareva giusto così.

Io soprattutto, appena messo piede sul pavimento a larghe mattonelle di cotto che settant'anni di calpestio avevano qua e là consumato rendendole opache e un po' concave, diventavo confusionario e inconcludente. Ma ancora prima, in macchina, il solo apparire del cartello *Benvenuti a Castagneto* bastava a infondermi un'agitazione festosa, infantile, che subito mi attirava le ironie di Carla.

«Vittorio, li hai portati i quaderni?», chiedeva accendendosi di teatrale apprensione.

«Che quaderni?»

«Quelli dei compiti delle vacanze».

I quaderni li avevo portati. Avevo una serie di taccuini Moleskine, un set di penne giapponesi di tecnologia superiore, matite, una mezza dozzina di cartelline di appunti. E naturalmente il mio computer portatile. Era il primo oggetto a venire caricato in macchina e il primo a essere trasportato in casa, al sicuro, a Castagneto. Sopra le stanze in cui avevano abitato i miei nonni materni c'era una piccola mansarda che mi era sempre sembrata ideale per ritirarmi a scrivere in santa pace. Anche quell'anno presi la chiave dalla mensola sopra il camino, afferrai la cartella del computer e feci le scale di corsa. Al ritorno, Carla mi scrutava con aria di aperto scetticismo. Erano anni che il rituale si compiva – e mai, durante quelle settimane, avevo scritto una sola riga. Di solito il portatile restava spento. O, se pure lo accendevo, era per dare un'occhiata di malavoglia ai vecchi appunti. Ma quell'espressione sul viso di mia moglie proprio non mi andava giù. La sparai grossa:

«Ho iniziato il mio nuovo libro. Basta storia della seconda guerra mondiale. Basta note a piè di pagina, tabelle, indicazione delle fonti. Mi do all'autobiografia. Si intitolerà *Autoritratto in mutande*, come quello del Pontormo».

Carla era una grafica pubblicitaria e nei confronti della pittura coltivava un amore colpevole, gonfio di rimpianto, come verso un amante appassionato tradito per il quieto vivere. Quando era stanca o nervosa, i tratti del suo volto si facevano infantili, corrucciati, una bambina dallo sguardo sfuggente, a tratti furioso contro di me, più spesso non si sapeva bene contro chi o che cosa – contro la vita in città, il gran correre che a poco a poco rendeva incerti i pensieri, slavate le identità nostre e dei nostri amici. Nel suo sguardo balenava talvolta una punta di ferocia vendicativa che mi terrorizzava e mi faceva sentire colpevole – ma di cosa? Di tutto e di niente: della sua vita, per esempio, che dopo la nascita di Giulia aveva accelerato di colpo lasciandola, così mi pareva, sbigottita e sola nelle ansie della maternità che non poteva condividere con nessuna delle sue amiche, tutte single dall'aspetto di venticinquenni sfiorite. Pensavo che se avesse avuto il marito giusto avrebbe potuto lasciare il lavoro e fare la vita delle madri che ogni mattina calavano in città dalla collina e, deposti i figli all'asilo nido, gustavano un caffè e un croissant da Platti e poi via, tutto un gioco dell'oca tra boutique, estetisti, palestre, piscine, parrucchieri e manicure – insomma, come da invidioso cronico mi figuravo la vita di queste quarantenni d'Arcadia.

Ma di solito, lontano dalla città e dal lavoro, il viso di Carla si addolciva. Sorrideva, quando le dissi dell'*Autoritratto in mutande*. Però era pallida, e l'anno trascorso le aveva inciso sotto le orbite due profonde virgole blu. Come a me, del resto. L'inverno era stato terribile. Il cancro aveva divorato mia madre nel giro di pochi mesi. La carezzai su un fianco ed ebbi la sensazione che facesse uno sforzo per non ritrarsi. Giulia, impaziente, correva per le stanze dalle finestre spalancate. C'era un giardino con giostre e scivoli proprio davanti a casa, oltre un breve filare di tigli, e si sentivano le urla dei bambini.

«Fuori a giocare, tutte e due!», esclamai. «Porto su le valigie e vi raggiungo».

Quella sera, come da tradizione, non cucinammo. Telefonai al ristorante e feci portare tortelli e braciole. Dopo cena ci piombò addosso la stanchezza del viaggio, e quando uscimmo fu solo per una breve passeggiata. Tanto per controllare che ogni cosa fosse ancora al suo posto.

Il paese, io l'avrei voluto immutabile. E invece ogni anno scoprivo qualche cambiamento – avevano ripavimentato la piazza, dove una volta c'era un bar ora c'era una banca, qua e là erano comparse fioriere di bronzo e sculture astratte, tutte cose che mi infastidivano. Quella sera suonava la banda municipale, e le grandi lastre di arenaria che avevano sostituito il vecchio pavé erano coperte da file e file di sedie pieghevoli su cui aveva trovato posto, credo, l'intera popolazione, composta quasi del tutto da pensionati. La piramide demografica di Castagneto era decisamente sottosopra: poggiava su un vertice ristrettissimo di giovani e presentava, in alto, un'ampia base di ultrasessantacinquenni. E la banda? Suonava «Rosamunda». Su un lato della piazza un gruppetto di bambini ballava con dedizione. Giulia prese a saltellare cercando di sfilare la mano dalla mia. Mi guardai alle spalle per verificare che lo sbarramento di transenne fosse abbastanza robusto e presidiato per confinare le automobili alla dovuta distanza e la lasciai andare. Anche il fatto che i bambini di Castagneto crescessero mi dispiaceva, soprattutto ritrovare da un anno all'altro le figlie dei miei amici con mezzo culo fuori dai pantaloni e l'ombelico in vista. Ce n'erano un paio, adesso, sedute al tavolino di un bar ai margini dell'ovale luminoso che i riflettori appesi alle facciate proiettavano sulla piazza, chine una sull'altra nello sforzo di ascoltare da un solo cellulare, le gambe accavallate, i piedini dalle dita inanellate calzati nei sandali dai laccetti d'oro. Sotto il tavolo, nell'ombra, vidi balenare un serpente tatuato che da un malleolo risaliva verso un ginocchio. Poi Carla mi prese sottobraccio. Mi girai e vidi Giulia sdraiata a terra, a faccia in giù, in lacrime.

«È stato Filippo», disse Carla, affrettandosi verso nostra figlia. «Le ha dato una spinta».

Filippo era un bambino di cinque, sei anni con i capelli biondi tagliati a spazzola sopra un visetto torvo e arrogante, vestito da capo a piedi con abbigliamento mimetico. Lo conoscevamo bene. Esercitava a spintoni il suo diritto ereditario a decidere chi poteva far parte del gruppo. Era il rampollo di una delle famiglie prominenti di Castagneto e agiva di conseguenza. Giulia comunque non si era fatta niente, aveva già smesso di piangere e voleva tornarsene a casa. Levai lo sguardo e vidi Stefania, la madre di Filippo (e, notai, di un altro lattante che in quel momento dormiva nel passeggino), in piedi accanto al bancone con una coppa di gelato per mano.

Stefania, ecco. Stefania. Il minimo che potessi dire allora di quella donna era che, nonostante la mia avversione istintiva nei suoi confronti, soprattutto per la voce stridula e la risata indiscreta, e il disprezzo diciamo così, sociale, che non potevo fare a meno di covare per la gente spensieratamente ricca e a mio parere frivola e ottusa, non riuscivo mai vedendola a trattenere un moto di compassione – sì, proprio di compassione – per quello che era diventata: un ammonimento vivente sull'intrattabile villania del tempo. Polvere siamo e polvere ritorneremo. Questo dicevano la serpaia di rughe sul collo, sotto giri e giri di collane, e l'ovale appesantito e cedevole del viso e i rotoli d'adipe sotto i top sgargianti. In attesa di diventare polvere Stefania, che era stata una bellezza bionda e vistosa, ricordava piuttosto una barca tirata in secca e lasciata per anni in pasto alla salsedine, sotto la frusta delle intemperie, con la vernice che si stacca a larghe placche e lo scafo che si sfascia al sole.

Non avrei dovuto fissarla così a lungo, perché ora si era accorta del mio sguardo e mi stava facendo segno di raggiungerla al tavolo. Io e Carla ci guardammo perplessi, ma secondo la legge non scritta di Castagneto un saluto e un po' di conversazione non si negavano a nessuno. Il marito di Stefania, Augusto, era un insospettabile, nel senso che solo cinque anni prima nessuno in paese si sarebbe mai aspettato di vedergli ricoprire quel ruolo. Aveva lasciato il paese giovanissimo per trasferirsi a Roma, il che faceva di lui un forestiero, e solo passati i quaranta era tornato a Castagneto per aprire, nei dintorni, un allevamento di cavalli. Alto, claudicante, aveva la fronte schiacciata, i capelli a spazzola e una pallida cicatrice in diagonale sul mento. Era sempre vestito come per una battuta di caccia, con il gilet dalle mille tasche, la camicia a scacchi con le maniche arrotolate da cui spuntavano tatuaggi verdastri, e gli stivaloni fino al ginocchio. Mentre prendevamo posto – e Giulia, questa volta con l'autorizzazione di Filippo, si univa allo sparuto gruppo dei bambini – mi tese la mano. Riconobbi, sull'avambraccio destro, la fiamma alata con il paracadute: non erano tatuaggi da galera. Ricordai quello che si raccontava di lui: che trent'anni prima, quando era studente a Roma, dopo certi scontri di piazza fosse espatriato per arruolarsi nella Legione Straniera. Non riuscivo proprio a immaginare cosa mai avesse potuto studiare alla Sapienza uno così – che, invece, mi figuravo benissimo a trincare Pernod in un avamposto nel deserto di Gibuti.

Si comportò, comunque, con inaspettata gentilezza – anzi, con il massimo della gentilezza. Qualche settimana prima aveva notato il mio ultimo libro nella vetrina del cartolaio, l'aveva comprato e ora, disse, lo stava per terminare. Il Museo della Guerra di Castagneto mi aveva commissionato un saggio sulle operazioni militari in quella zona nell'autunno del 1944, e il volume relativamente fresco di stampa era uno dei tre o quattro titoli disponibili nella cartoleria. Augusto si era dimostrato un fine psicologo. Sapere che aveva comprato e stava leggendo un mio libro dissipò all'istante ogni prevenzione verso di lui, verso sua moglie, e perfino verso il marmocchio in mimetica che dieci minuti prima aveva spintonato mia figlia. Se stava leggendo il mio libro, perché non lasciar perdere la Ferrarelle e i succhi di pompelmo e non ordinare, invece, una bella birra media? Perché non accendersi una Marlboro e non godersi, in quella sera d'estate, la conversazione che di tanto in tanto solo qualche *fortissimo* della banda, laggiù in fondo alla piazza, veniva a disturbare?

Di che parlammo, io e il legionario? Ma di me, naturalmente. E del mio libro. E dei miei programmi per il futuro, un saggio che finalmente, grazie a una serie di sopralluoghi sugli scenari delle battaglie dell'autunno 1944, facesse giustizia delle evidenti inverosimiglianze che affollavano la letteratura in materia. Titolo: *I campi di Marte*. Di quanto tra loro dissero le donne non ascoltai una parola. Io e Augusto chiacchierammo da gentiluomini. E finimmo col darci appuntamento l'indomani mattina per un aperitivo.

Mi svegliarono, come sempre, le grida delle vecchie. Avvolte nelle bigie vestaglie d'anteguerra, i capelli tirati e raccolti nelle crocchie severe, spalancavano gli scuri e ammucchiavano lenzuola e cuscini sui davanzali in attesa dei raggi del sole. Nel frattempo, affacciate alle finestre, facevano conversazione. Quel secco botta e risposta sarebbe stato, a saperlo decifrare, un vero e proprio notiziario di paese. Il problema non era il dialetto, che capivo abbastanza bene, ma l'uso ricorrente di soprannomi e genealogie locali. Controllai la sveglia sul comodino: erano le sette e mezza. Ci fu una rapida serie di tonfi di piccoli piedi sul pavimento, e Giulia si arrampicò svelta sul lettone infilandosi tra me e Carla. Subito si riaddormentò e finì col mettersi di traverso sospingendoci ai due estremi opposti. Stavo scomodo, così bloccato su un fianco. Provai un paio di volte a raddrizzarla prendendola per i piedi, ma ruotando come la lancetta di un orologio finiva sempre col riassumere la posizione di partenza. Mi alzai, andai in cucina e preparai il caffè per due. Carla, però, si era già riaddormentata. Mi infilai i pantaloni della tuta, un pullover sopra la giacca del pigiama e le scarpe da tennis, e uscii. In giro, a quell'ora, non c'erano villeggianti. Imboccai la strada in discesa che portava in piazza, entrai al bar di fronte alla chiesa e sedetti a un tavolino vicino alla porta d'ingresso. In alto, sulle colline, il sole avvolto in una foschia accecante cominciava ad affacciarsi dietro il fogliame, ma il paese rabbrividiva ancora nell'ombra in fondo alla valle. Le case di pietra sembravano rilasciare il freddo della notte. Mi sentii toccare su una spalla. Mi voltai, e la persona più vicina era la giovane barista dietro il bancone, a dieci metri di distanza. Indovinai lo scherzo da bambini: un tocco sulla spalla destra, poi ci si spostava a sinistra. Quando il tizio si girava non vedeva nessuno. Mi ritrovai di fronte Nevio, che adorava le apparizioni a sorpresa e ogni altro modo di prendermi alla sprovvista. La sua domanda, invece, era quella di sempre: come mi andava con le donne?

Rideva strizzando gli occhietti azzurri. Mi salutò con una pacca sulla spalla che per poco non mi fece cadere dalla sedia. Non superava il metro e cinquanta ed era tozzo e muscoloso, con bicipiti e avambracci che premevano sotto la camicia azzurra chiusa fino all'ultimo bottone e spalle massicce, anche se spioventi. I deltoidi che si gonfiavano tendendo il tessuto sulle spalle lo facevano sembrare senza collo. Nevio era nato con un cromosoma in più: sindrome di Down. Aveva circa quarant'anni e io lo conoscevo da trenta. Era molto tempo, ma per lui sembrava non essere passato affatto. Raggiunte statura e corporatura definitive, anche i suoi lineamenti si erano rapidamente assestati e non erano più mutati. I suoi discorsi, quando lo incontravo al bar, o al fiume, o in piscina, erano sempre gli stessi. Gli chiesi se voleva far colazione.

«Sì, ma offro io», rispose. C'era, al solito, nella sua voce una nota di fatica e determinazione, come se prima di pronunciare una parola dovesse raccogliere le forze. Chiamò la barista e fece l'ordinazione. La ragazza si ripresentò poco dopo con il vassoio. Maria, diciotto anni, rumena. Indossava un golfino rosa, sottile e scollato e, mentre si chinava sul tavolino per deporre le tazze, Nevio mi diede di gomito e aspirò teatralmente col naso all'insù. «Senti che roba», sospirò. «Gliel'ho regalato io». Rimase sovrappensiero, poi aggiunse: «Abbiamo un accordo, noi due. Io le compro il profumo e lei si lascia annusare. Sul collo e sulle braccia».

«Emil che ne dice?»

«Non lo sa».

«Attento», dissi, «quello non ci mette niente a spaccarti la faccia».

Emil era il marito di Maria, un ragazzo biondo e roseo tutto muscoli con un paio di baffetti sul viso rotondo da bambino, rumeno anche lui. Guidava un camion a rimorchio. L'anno prima, mentre giravo in auto tra le colline scattando foto per il libro, ero rimasto senza benzina. Mi ero piazzato a fare l'autostop sul ciglio della carreggiata, sotto una pioggerella rada, e l'unico a fermarsi era stato lui. Strada facendo, sul camion carico di bidoni di vernice, avevamo parlato di casa sua, dalle parti di Costanza, sul Mar Nero. Veniva dalla campagna – quella vera, con mucche, pecore, maiali e mosche – e voleva tornarci appena possibile.

«Perché», gli avevo domandato, «non ti piace l'Italia?»

«Ma guardati un po'», mi aveva risposto. «Sei bagnato fradicio. Sei rimasto due ore ad aspettare un passaggio. Ecco l'Italia».

Poiché avevo obiettato che, se non fosse stato per l'Italia, non avrebbe conosciuto Maria – che era invece di Arad, a due passi dal confine ungherese – aveva finito con l'espormi la sua filosofia su donne e matrimonio. «Voi italiani», aveva concluso, «mi sembrate tutti finocchi. Alle donne gli lasciate fare tutto quello che vogliono. Secondo me è perché siete troppo vecchi. Le sposate a quarant'anni, e a quel punto non potete più insegnargli niente».

Nevio reclamava la mia attenzione tirandomi per un gomito.

«Sai che mi hanno dato buca?»

Accennai a Maria.

«No, un'altra».

«Vabbè, un'altra. Ma chi?»

«Angelina. Ci siamo parlati per telefono. Ha detto che voleva conoscermi. Mi ha anche mandato una foto».

Prese il cellulare dalla tasca dei pantaloni, premette qualche tasto e lo posò sul tavolo. Sul display c'era un primo piano di Angelina Jolie. Cacciai un fischio di ammirazione.

«Non la conosco. È di Castagneto?»

Nevio alzò le spalle. Si era dimenticato di chiederglielo.

«Forse ieri sera non è potuta venire. Vedrai che ti richiama».

Sbuffò, poco convinto. Bevemmo un sorso, poi io ripresi: «È successo anche a me, cosa credi? Capita a tutti. Una volta avevo pure comprato un regalo, una collana, e la tizia non si è fatta vedere. Mi ha dato appuntamento in un bar e ciao. Ho aspettato due ore e mezza e la collana ce l'ho ancora a casa».

Era vero. E anche se erano passati venticinque anni, da quell'oggetto di desolata bruttezza, da quegli sconci tubetti di finto corallo infilzati su un filo di plastica trasparente emanavano ancora, come radiazioni nocive ma ormai indebolite, stanche ondate di umiliazione. Erano tutto ciò che restava dei miei sentimenti di allora. L'umiliazione ha un tempo di decadimento più lungo dell'amore, e persino dell'odio. Quella di Nevio, però, era recente e bruciante. Lo vidi arrossire mentre si infilava di nuovo la mano nella tasca dei jeans. Aprì il pugno e depositò sul tavolino, accanto alla mia tazza, una scatoletta foderata di raso azzurro. «È un regalo per Angelina», disse facendo scattare la chiusura. Dentro c'era un anellino d'oro con un minuscolo granato verde tagliato a forma di stella.

«Devi riportarlo indietro», suggerii. «Dove l'hai preso?»

«In piazza, da Abate».

«Riportaglielo e fatti ridare i soldi».

Per tutta risposta Nevio prese l'anello e cercò di infilarselo all'indice, poi all'anulare. Aveva manine tozze con le dita grassocce. Alla fine riuscì a infilare il mignolo della sinistra.

«E se poi Angelina mi richiama?», disse ammiccando di sottecchi, «io che figura ci faccio?»

«Sai che ti dico? Hai ragione. Non si sa mai».

A casa, mia moglie e mia figlia facevano colazione davanti a un cartone animato. Quando le raccontai di Nevio, Carla disse che avrei dovuto farmi consegnare subito l'anello e presentarmi io stesso dall'orafo per convincerlo a riprenderselo. Ammisi che sarebbe stata la soluzione ideale. Il problema, obiettai, era che Nevio credeva che Angelina un giorno o l'altro avrebbe potuto tornare a farsi viva. Carla rispose con un'alzata di spalle.

«Che faccio, glielo strappo dal dito? Quello va in palestra da una vita. Mi spezza in due».

Depose la tazza sul piattino di Giulia e rimase in silenzio, i palmi delle mani sulla tovaglia. «Chissà cosa gli passa per la testa», disse.

«E chi lo sa. Però fa esattamente le stesse cose che faceva a dieci anni. Passa la giornata in piscina a fare scherzi».

«Sì, ti si piazza alle spalle e ti scaraventa in acqua».

«E che è, la fine del mondo? In piscina ci si va per fare il bagno, no?»

Carla scosse la testa e cambiò discorso: «L'hai poi visto Augusto?»

«Lo vedo più tardi», dissi. Poi, rivolto a Giulia: «Prima ce ne andiamo ai giardini, vero?» Ma la bambina non mi stava veramente ascoltando, aspettava solo che smettessi di parlare.

«Papà, perché oggi c'è il sole?»

«Come perché? Il sole c'è sempre. Certi giorni ci sono le nuvole e noi non lo vediamo. Però per esserci c'è sempre».

«Non è vero».

«Come sarebbe a dire non è vero?»

«C'è il sole perché gli angioletti ridono».

Da quando Giulia andava all'asilo dalle suore assistevamo a una proliferazione di angioletti. Qualche volta, prima di iniziare a mangiare, mia figlia giungeva le mani e recitava: «L'angioletto del Signore porta la luce nel nostro cuore...» Solo poco tempo prima sarei corso all'asilo a protestare. Avevo fatto le elementari dalle suore e per anni, in refettorio, mi ero alzato in piedi e avevo recitato preghiere di ringraziamento per la loro pasta scotta, il tonno avariato il venerdì, la loro frutta di seconda scelta. Adesso invece questa faccenda degli angioletti e delle preghiere a tavola non mi dispiaceva. Se non altro, pensavo, a nessuna delle maestre di Giulia sarebbe venuto in mente di sostituire il Natale con la Festa della Luce o qualche altra scemenza politicamente corretta.

«Be', gli angioletti stanno ridendo forte», dissi guardando fuori dalla finestra.

Sentii Carla chiedere: «Ti dispiace se me ne resto a casa?»

Mi voltai. Ce l'avevo accanto. Era completamente vestita, con una felpa blu, i jeans e un paio di vecchie scarpe da jogging. Portava i capelli biondi riuniti in una coda di cavallo e il suo viso mi parve a una prima occhiata riposato e disteso. Sembrava pronta per uscire. La sua richiesta – o piuttosto il suo annuncio – mi colse di sorpresa e mi infastidì. Lei dovette accorgersene, perché aggiunse che le girava un po' la testa. Poi mi rivolse un sorriso pieno di buona volontà. Sentii riaccendersi nello stomaco una fredda fiammella d'ansia. Carla si rivolse alla finestra, accennò col mento al piccolo giardino con lo scivolo e l'altalena proprio lì davanti e disse che voleva solo riposarsi un po' e che ci avrebbe raggiunti presto.

Più tardi, mentre spingevo Giulia sull'altalena, non riuscivo a togliermi dalla mente il viso di mia moglie come mi era apparso in cucina: né disteso, né riposato. Piuttosto, ripensandoci, inerte come se tutti i suoi spiriti l'avessero abbandonato per rifugiarsi in qualche recesso nascosto e inaccessibile del corpo. Anche il suo sguardo rimaneva muto, come nelle fotografie in cui il soggetto è rimasto troppo a lungo in posa.

Versai di malavoglia un po' di liquore, sollevai il bicchiere e osservai l'infiorescenza lattiginosa allargarsi nell'acqua gelata. Non era ancora mezzogiorno ed ero seduto davanti a un Pernod ordinato in onore di Augusto. L'ex legionario sorseggiava una spremuta d'arancia e io, che detestavo l'anice, mi sentivo molto stupido. Misi da parte il liquore e chiesi una minerale da mezzo litro. Augusto aveva tutta l'aria di essersi appena svegliato. Con i capelli corti e rossicci che puntavano dritti in tutte le direzioni sembrava un pulcino appena uscito dall'uovo. Gli occhi erano piccoli, ravvicinati, di un grigio ferroso. Li strizzava e se li strofinava in continuazione. L'abbronzatura del viso faceva risaltare la rosea cicatrice che tagliava diagonalmente il mento poco sotto la bocca. Non ci trovavamo al bar della piazza ma a quello del centro sportivo, davanti ai campi da tennis. Poco più in là un'ampia strada asfaltata portava, tra due file di pioppi, allo stadio del calcio. L'ex legionario mi indicò un torpedone bianco parcheggiato poco lontano. Sulla fiancata si leggeva la scritta *A.S. Castelsaro*. Subito dopo segnò a dito una dozzina di giovani in costume da bagno che dalla piscina venivano nella nostra direzione.

I ragazzi mostravano a una prima occhiata uno straordinario grado di uniformità: alti, bruni, muscolosi e minuziosamente abbronzati. Portavano i capelli corti. Avevano pettorali ben rilevati, spalle larghe e l'addome modellato. Le gambe erano slanciate, con i lunghi muscoli formati nella corsa, ben diversi da quelli ipertrofici dei palestrati comuni. Erano atleti veri, non mangiatori di aminoacidi in polvere. Leni Riefenstahl li avrebbe adorati. Eppure, a mano a mano che si avvicinavano disponendosi in fila indiana per farsi largo tra i tavolini, diventava impossibile non notare la loro aria sofferente. I loro piedi erano segnati da unghie violacee, ferite e vesciche. Più che camminare, quegli atleti neppure diciottenni si trascinavano ciabattando nelle infradito, tanto che l'impressione era di gente storpia, o incatenata. Erano calciatori – e da che mondo è mondo il calciatore fuori dal campo zoppica. Si distribuirono tra i tavoli, circondandoci. Con sollievo si abbatterono sulle sedie, e fu in loro onore che l'enorme schermo che dalla parete sovrastava i tavoli si accese su una partita di un campionato sudamericano. In quattro si misero a giocare al calciobalilla, un'attività che a giudicare dagli schiocchi della pallina, dalle urla d'incitamento e dagli sfottò che si scambiavano tra loro e con un capannello di spettatori, pareva in grado di restituirgli le energie.

Augusto tracannò la spremuta. Io riavvitai il tappo della minerale. Ci guardammo in faccia e ci capimmo al volo. Ci sentivamo fuori posto, insofferenti al rumore e al disordine. Ci sentivamo fragili: se uno degli atleti ci avesse urtato con una gomitata, immaginavo, ci avrebbe spezzato una costola. Se ci avessero sgambettato saremmo finiti in pezzi. Ci alzammo in piedi, e stavamo per andarcene quando l'ex legionario mi trattenne per un braccio. Gli era spuntato un sorriso obliquo, parallelo alla cicatrice sul mento. Mi indicò un tavolo periferico. «Le vedi quelle? Sono, come si chiamano, le groupie. Vengono da tutta la vallata per beccarsi uno di questi qua. Alcuni sono già professionisti e viaggiano sui centomila all'anno».

Ci rimettemmo a sedere. Sapevo che da qualche anno Castagneto ospitava i ritiri delle squadre di calcio delle serie minori, e mi era già capitato di notare gruppetti di giocatori aggirarsi per il paese con il cellulare stretto in mano e, sempre, quell'aria di persone esauste o ferite che strideva con l'evidenza del loro vigore fisico.

Le ragazze erano in sei e si tenevano ai margini dell'assembramento, dove terminava l'ombra del patio, tutte accalcate allo stesso tavolo. Mi parevano, da quella distanza, delle teenager qualsiasi – con i loro occhiali scuri avvolgenti dalle lenti azzurre, o giallo limone, e i capelli lucidissimi sotto il sole. Mi sembrò strano, piuttosto, che un paio di loro anziché armeggiare coi telefoni leggessero la *Gazzetta dello Sport*. Ma dovevano pur sapere, mi spiegò Augusto, chi erano i migliori, i più promettenti. Il loro scopo era puntare uno che potesse arrivare a giocare in A, o in B, e dovevano tenersi informate.

«Secondo me la *Gazzetta* è anche un segnale», feci notare. «Vuol dire: ragazzi, siamo qui per voi».

«Puoi star certo che quelli lo sanno già. E lo sa pure l'allenatore».

Mi venne in mente che i calciatori alloggiavano in una dépendance dell'unico albergo del paese, e che le loro camere erano proprio di fronte alla mia cucina, a non più di cinque, sei metri di distanza. Ogni estate venivamo disturbati dai loro scherzi notturni, gavettoni, secchiate d'acqua o combattimenti coi cuscini.

Una delle ragazze si alzò e si diresse al bancone superando di slancio il nostro tavolo. Portava i capelli raccolti in una coda di cavallo, un top nero di lycra e pantaloni della tuta rosa pallido, leggeri e aderenti, appena arrotolati sui fianchi. Camminava, o piuttosto saltellava, su un paio di Nike dorate. Per farsi largo tra i calciatori stravaccati e i giocatori di calciobalilla era costretta a compiere piccole deviazioni o a ruotare su se stessa per mettersi di profilo, un gesto che compiva sollevandosi sulle punte dei piedi in modo da accrescere il rilievo del sedere alto e tondo ed evidenziare l'inarcatura delle reni. Raggiunta l'ombra del patio, sollevò gli occhiali scuri e se li sistemò sui capelli. Al bancone, mentre il barista le versava un succo di frutta in un bicchiere a forma di clessidra, una spallina del top le scese sul braccio destro e lei la rimise a posto con rapida, automatica negligenza, accanto a quella più sottile del reggiseno. Il livello di rumore diminuì per un attimo, poi quelli al calciobalilla ripresero la partita. Il campanile iniziò a suonare i rintocchi di mezzogiorno. Mi girai e mi accorsi che Augusto non teneva più lo sguardo fisso al bancone ma davanti a sé, a capo chino. Si batté una coscia con la mano e si alzò. Improvvisamente, aveva fretta di andarsene. Mi alzai anch'io, controvoglia.

«Che c'è?», domandai.

«C'è che non ho voglia di fare a botte».

Continuavo a non capire, ma quando si avviò lungo la strada che portava in piazza gli tenni dietro.

Girato l'angolo, rallentò il passo. «Non l'hai visto? È venuto fuori dalla piscina».

«Ma chi?»

«Pietrino».

Non l'avevo visto. E se l'avessi visto mi sarei subito girato dall'altra parte per non vederlo più.

Pietro Abate detto Pietrino, il suo solo apparire mi rabbuiava i pensieri. Era uno spilungone calvo e peloso, il mento e le guance sempre grigi di barba, sempre solitario e scurissimo in volto, e le poche volte che ti guardava in faccia i suoi occhi neri e rotondi lampeggiavano di odio beffardo. Di lui com'era al tempo in cui, bambino, passavo a Castagneto tutti e tre i mesi delle vacanze estive, ricordavo soprattutto una cosa: come, nel corso di una stagione di pubertà precoce e ruggente, gambe e braccia gli si smisurarono nei vestiti con rapidità fumettistica, la voce gli calò di un'ottava, le mani divennero enormi e implacabili nella stretta, da far spavento, e alla fine dell'estate io e gli altri non gli arrivavamo più neanche alla spalla. Non che avesse mai partecipato ai nostri giochi – fionde, pallone e fucili a elastico – ma ci seguiva ovunque e restava per ore a osservarci annuendo di tanto in tanto, il labbro inferiore proteso in una smorfia di sarcastica ammirazione come se ripetesse tra sé: «Bei fessi che siete a buttare il tempo così», e a lui solo fosse noto lo scopo vero di quelle giornate sotto il sole che ci bruciava fino al midollo. Alla metà di settembre, con la barba che gli spuntava già dura sulle guance, aveva cominciato invece a sfuggirci; e non l'avevo più rivisto se non al bar, mentre facevo la fila per il gelato e lui offrendo bibite e caffè si sforzava di guadagnarsi l'ammissione alla cerchia oziosa dei più grandi.

La sua era stata poi una storia tipica di Castagneto, dove le vittime dell'ingiustizia cosmica formavano una sporca dozzina vagante. Tutti tra i quaranta e i sessanta, ciondolavano da un bar all'altro e tiravano sera cercando di suicidarsi col Campari. Per dodici anni, dai diciotto ai trenta, Pietrino era stato il fidanzato ufficiale di Stefania, che invece poi aveva sposato Augusto. Dal giorno del matrimonio non aveva più rivolto la parola a nessuno, se non per insultarlo. Il mondo l'aveva tradito e lui voleva fargliela pagare. Beveva nei bar e a tarda sera, intrattabile, insolentiva il primo venuto nella speranza di farsi massacrare e dimostrare una volta di più come il destino l'avesse truffato senza rimedio. Poiché gli Abate erano una delle famiglie più ricche del paese, a parte le poche ore che di tanto in tanto passava dietro il bancone della gioielleria paterna Pietrino non aveva bisogno di lavorare e poteva praticare l'autocommiserazione a tempo pieno.

«Pensavo fosse finita, quella storia».

Augusto scosse la testa.

«Macché. L'altra sera è venuto ad attaccare briga al bar. Adesso quando lo vedo cambio strada. Mi guasta la giornata. Sono pure stato a parlare col maresciallo, e sai che mi ha detto?»

«Che finché non ti prende a pugni non può fare niente».

«Ovvio. Però ho paura che se la prenda con mia moglie».

Cercai di sdrammatizzare: «Puoi sempre pagare un sicario e farlo eliminare».

«Gli farei un favore, gli farei».

«Allora devi provocarlo e farti pestare per bene».

Augusto si carezzò la cicatrice e mi rivolse un sorriso storto.

«A proposito», mi toccai il mento, «e quello sbrego?»

Mi circondò le spalle con un braccio e sottovoce, curvandosi un po', mi sussurrò all'orecchio: «È stato un arabo, tanto tempo fa. Una rissa per una donna, in un bar di Marsiglia, vicino al porto...»

Mentre scendevamo verso la piazza, mi superò e si girò a guardarmi. Quindi scoppiò a ridere. «È stato un arabo, giuro. Mi ha scalciato a tradimento».

«Un arabo ti ha preso a calci?»

«Un purosangue arabo di due anni. E per fortuna che il bastardo mi ha preso di striscio».

La piazza era deserta e senza più traccia d'ombre. Le grandi lastre della nuova pavimentazione luccicavano al sole e il cielo era sgombro, teso, accecante. In ogni casa le stanze tacevano dietro gli scuri accostati e dalle colline, dai boschi, saliva il rombo della calura. Chiesi ad Augusto se potevo accompagnarlo a casa. Abitava all'altro capo del paese, in una villetta affacciata su un pendio che tra acacie e roveti polverosi dirupava fino alla riva del fiume. Restammo per un attimo fianco a fianco a guardare le increspature scintillanti della corrente, poi ci salutammo.

Talvolta, subito dopo pranzo, uscivo solo per sorprendere il paese così annientato e sospeso. Mi fermavo agli angoli delle strade trattenendo il fiato. Chiudevo gli occhi. Quanto ancora poteva crescere il silenzio? Volevo saggiare il limite. Ma, come in un'immersione ai primi momenti di gioiosa scoperta, all'esultanza, allo stupore per quella che ci pare una liberazione dal regime terrestre della gravità, immancabilmente segue il richiamo del corpo tiranno affamato d'aria – e dopo una breve, inutile resistenza bisogna slanciarsi, coi polmoni che bruciano, è tempo di tornare a galla boccheggianti tra i nostri simili – così mi accadeva in quella solitudine. Ben presto dovevo rimettermi in cammino.

A casa trovai la tavola apparecchiata e mia moglie che dipingeva, il cavalletto davanti alla finestra spalancata. Giulia riposava nella stanza accanto, nel letto in cui aveva dormito mia madre bambina e poi io stesso durante ogni estate passata qui. Il paesaggio fuori dalla finestra lo conoscevo a memoria, al punto che certe volte, in città – la sera, leggendo a letto, o davanti al computer – chiudevo gli occhi e mi impegnavo a combinarne gli elementi, il filare di pioppi che delimitava la strada in salita, il bosco ceduo che nasceva alle spalle delle ultime case e si faceva subito impenetrabile non lasciando scorgere nulla del ripido pendio culminante nel rudere di un castello rinascimentale – poco più di un mozzicone di torre inglobato chissà quando in una villa privata – la strada di ghiaia bianca che tagliava in diagonale la collina, la vecchia cisterna rugginosa dell'acquedotto. Esaminai la tela: fatta eccezione per tre larghe macchie verdi sul bordo inferiore, era intatta.

Da mesi Carla non toccava colori e cavalletto. Quando eravamo partiti non mi ero neppure accorto che li avesse caricati in macchina. Richiuse un tubetto di colore e cominciò a ripulire il pennello con uno strofinaccio.

«Non smettere», la pregai. «È il paesaggio che conosco meglio al mondo».

«È un paesaggio difficile, però».

«Immagino. Ci saranno almeno dieci specie di alberi diverse, là in mezzo, ognuna con la sua sfumatura di verde».

«Non è tanto quello, è la stagione». Infilò il pennello in un barattolo di vetro e mi venne accanto. Ora guardavamo tutti e due fuori dalla finestra. «Voglio dire, le foglie sono ancora verdi, non si vede nemmeno una punta di giallo, eppure è già lì, il giallo. Dentro il verde. Lo senti che preme per venir fuori. È inevitabile. E se non ci metti questo il paesaggio non vale niente, non c'è storia, non c'è futuro, niente».

«Non ci può essere storia in un quadro», obiettai. «Non c'è il tempo».

«Questo lo dici tu. Pensa alle nature morte. Mica sono solo pesci, frutta, fagiani, pernici. C'è il loro passato e il loro futuro. Il pesce che fino a ieri nuotava nello stagno. Quella carne che cede e inizia ad ammorbidirsi».

Mi diede una gomitata leggera su un fianco. Per tutta risposta la cinsi con un braccio e le diedi un bacio sui capelli.

«Non capisco niente di arte», dissi.

«Confermo».

«Il mio forte è la vita».

Carla rise piano, per non svegliare Giulia.

«Ehi, non stavo scherzando», dissi.

La mattina dopo, riposti gli asciugamani nella borsa di Carla, mi caricai Giulia sulle spalle e a passo lento scendemmo i tornanti che portavano al vecchio lido paesano.

Il fiume nasce tra i boschi della Futa, subito si biforca e i suoi rami si gettano dal passo fin giù nella conca, deserta se non per un brutto paesone di cavatori di pietra, dove i rigagnoli fratelli si riuniscono. Da queste parti lo chiamano rio, come il Rio Grande, come il Rio delle Amazzoni, ma non è che un torrente appenninico: in autunno e in primavera scroscia in piena abbondanza e per il resto dell'anno si riduce a un filo d'acqua che scintilla in un letto di ghiaia. Soltanto dopo che dalle convalli gli affluenti sono calati a dargli man forte può dirsi fiume a pieno titolo. Testardo, con tutta la calma consentita dalle cadenze geologiche, si è scavato il suo canyon nelle tenere rocce sedimentarie, e ora somiglia a un piccolo Colorado. Ci sono cascate e pozze verde smeraldo, greti ghiaiosi e improvvisi slarghi d'acqua fonda e scura. Uno di questi si trova proprio sotto il paese, le cui case incombono a picco. Lo chiamano Parco, da *pelgh*, che in dialetto è un anfiteatro di massi intorno a uno specchio d'acqua.

A quell'ora un sole immaturo illuminava la riva destra ma non ancora l'acqua del Parco. A parte un pescatore un centinaio di metri più a valle, non c'era nessuno in vista. Misi a terra Giulia e mi spogliai rapidamente. Poi scesi nella pozza buia. Lo feci in un unico slancio, incurante della ghiaia che mi pungeva i piedi nudi e del freddo che mi pizzicava via via i polpacci, le cosce, i fianchi. Mi lasciai scivolare sott'acqua e scesi a toccare il fondo, dove scorreva una corrente gelata. L'attraversai nuotando a rana e riemersi al centro della pozza ancorandomi con un braccio a un masso a forma di dente. Quel bagno mattutino, gelido e solitario, lo facevo ogni estate. Emergevo solo con la testa: mia moglie e mia figlia mi osservavano dalla riva. Giulia aveva in mano una paletta e la madre le aveva messo in testa un cappellino blu. Ci separavano dieci metri d'acqua, eppure sembravano lontanissime. Ma ad allontanarmi ero stato io. Immerso in quella corrente, ritrovavo qualcosa di me che esisteva prima di loro e che si faceva beffe dello scorrere del tempo. Ripetere quella scoperta anno dopo anno, mentre le nostre vite crescevano unite, rafforzava il senso della mia consistenza come essere umano durevole, irripetibile e, sì, irrimediabilmente solo. Con Carla non ne avevo mai parlato. Ogni volta, tornando a riva provavo un vasto, imprecisato malessere che preferivo interpretare come un senso di colpa – ed era, in realtà, rimpianto per il me stesso fuori dal tempo che abbandonavo là, al centro della pozza. Ma quella mattina c'era dell'altro. Appena misi piede a terra, Carla mi vide l'ombra sul viso e domandò: «Cos'hai?»

«Mia madre non sapeva nuotare», dissi. Poi, a bassa voce, mentre Giulia seduta sulla ghiaia ai nostri piedi giocava con paletta e secchiello, le raccontai dell'ultima volta che mia madre aveva visto il fiume.

L'evidenza dolorosa di quel ricordo, così impregnato di futuro da rappresentare ai miei occhi una compiuta prefigurazione dei mesi che sarebbero seguiti, mi si era affacciata alla mente nel dormiveglia, mi aveva costretto ad alzarmi e mi aveva tenuto in piedi quella notte per un paio d'ore, durante le quali ero rimasto quasi sempre affacciato alla finestra della cucina. Davanti a me si aprivano le finestre delle camere dei giovani calciatori ormai buie e silenziose. Guardando là dentro, consideravo con invidia la profondità del loro sonno, perfetto come ogni ciclo di funzionamento dei loro corpi.

«Perché non andiamo a dar da mangiare alle papere?», avevo domandato a voce troppo alta un pomeriggio di poco meno di un anno prima, in quella stessa stanza, provocando l'entusiasmo di Giulia, sempre curiosa di quelle creature da cartone animato. Tra i suoi strilli di impazienza, avevo praticamente costretto mia madre, che aveva trascorso l'intera giornata a letto, a salire in macchina. A quel tempo i medici parlavano ancora di anemia, di insufficienza renale, di un lieve stato depressivo, così pensai che tutto sommato una piccola gita con la nipote non avrebbe potuto che giovarle. Avevamo raggiunto un punto del fiume dove c'era un canneto con una piccola colonia di germani. Come le altre volte, portavamo con noi un sacchetto di pane secco. Ne avevamo sbriciolato un po' e l'avevamo gettato in acqua. I germani si erano affacciati tra le canne e ci erano venuti incontro in piccole flottiglie, coi piccoli dietro, e ora formavano ai nostri piedi una mischia litigiosa, e io lanciavo i pezzetti di pane proprio tra i più agguerriti, che scattavano accelerando il moto delle zampette palmate e diffidavano l'avversario con versi simili a rabbiosi colpi di clacson. Più si sfuriavano, più Giulia – che riconosceva l'indole irascibile e bisbetica di Paperino – rideva di contentezza. Altri germani arrivavano in volo, planando con le zampe tese in avanti. Era un pomeriggio di fine agosto e il sole, nascosto, accendeva le nubi di una insostenibile luce perlata. Mi schermai gli occhi con la mano e distolsi lo sguardo. Mia madre si era allontanata dalla riva e sedeva sotto un'acacia, osservando sua nipote che spargeva pezzetti di pane nell'acqua. Sul volto aveva un'espressione incoerente: gli occhi lucidi e il sorriso increspato di quei giorni, che imbastiva solo quando si accorgeva dei nostri sguardi.

Quella notte, dopo che il campanile aveva battuto il tocco delle quattro e mezza, mentre la risonanza metallica scemava a poco a poco in una vibrazione muta, mi resi conto che non era tanto il mio rimpianto per il fatto che non avrei mai più rivisto mia madre, né udito la sua voce, a determinare il tono emotivo di quel ricordo, e neppure la sua pena di sedere sola, sfinita e ansimante, lontana dalla bimba gioiosa che non perdeva mai occasione di abbracciare e baciare. Era la sua evidente rassegnazione: aveva perduto l'incredulità rispetto alla morte. La morte, in segreto, l'aveva già persuasa.

«Mia madre non sapeva nuotare. In tutta la sua vita non ha mai fatto un bagno qui», ripetei.

Carla mi volse le spalle, si chinò a prendere l'asciugamano e me lo passò. Poi disse qualcosa sul fatto che nessuno del paese veniva più al fiume. Il suo tentativo di cambiare discorso mi irritò, ma potevo capirla. Voleva allontanarci, tutti e due, dai pensieri dei mesi passati. Afferrai l'asciugamano, mi ci avvolsi e andai a piazzarmi al sole. In effetti, aveva ragione: da qualche tempo i paesani di Castagneto andavano tutti in piscina. Al fiume, ormai, scendevano solo gli stranieri.

Arrivarono verso mezzogiorno, quando per noi era quasi ora di tornare a casa. Vidi Emil, il camionista rumeno, con la sua Maria e un gruppo di amici. Mi riconobbe e mi salutò con la mano. Io raccontai a Carla quello che mi aveva detto un anno prima su noi italiani, che non sappiamo far rigare diritto le nostre donne perché siamo una banda di vecchi finocchi.

«E non ha tutti i torti», aggiunsi. «Vecchi, spaventati finocchi. Guarda loro, invece».

Guardare *loro*, che stavano diventando sempre più numerosi, era come viaggiare nel tempo. Erano rumeni, croati, serbi, montenegrini, macedoni, moldavi, ucraini, russi, bielorussi e polacchi. Ed erano gli italiani di mezzo secolo fa – le stesse abbronzature pezzate coi segni delle canottiere, gli stessi tagli di capelli col ciuffo a banana, le stesse sigarette senza filtro all'angolo della bocca, le scarpe di cuoio e le calze, grigie e corte, portate fin quasi in acqua, i bambini sempre intorno. La stessa giovinezza. Mentre all'ombra dei pioppi le mogli allestivano i barbecue, uomini e bambini si arrampicavano sulle rocce svelti come macachi per fare i tuffi a bomba. I bambini, impossibile trascinarli a riva. Gli uomini, quando riemergevano, per prima cosa si guardavano intorno, serissimi, si lisciavano i capelli all'indietro per darsi un tono. Poi correvano a prendere il pacchetto delle sigarette, che avevano infilato in una scarpa. Ancora pochi passi e li aspettava la bottiglia di birra.

Mentre cominciavo a preparare lo zaino per il ritorno, Carla continuava come ipnotizzata a osservare la scena, quello sciamare tra grida e risate dal fiume alla macchia ombrosa dei pioppi ormai assediata dal sole.

«Cosa c'è?», chiesi. Della domanda mi pentii subito. Da qualche tempo, ce la ponevamo a vicenda cinquanta volte al giorno, quasi sempre per ricevere una risposta diffidente e difensiva: niente. Anche se sapevo che non prometteva nulla di buono – mai da che ci conoscevamo quel *niente* si era rivelato essere davvero niente – allo stesso tempo dovevo ammettere che quella specie di automatismo mi rassicurava. Annunciava qualcosa, lo confermava, ma allo stesso tempo rimandava l'immancabile precisazione, il suo prendere corpo tra noi. E la domanda continuava a sfuggirmi ogni volta che vedevo mia moglie trasognata e sospesa. Cosa c'è? Niente. Mentre, inginocchiato, allacciavo le fibbie dei sandali di Giulia, non mi aspettavo nulla di diverso. Perciò la risposta mi colse di sorpresa.

«C'è che voglio un altro figlio».

Carla mi aveva lasciato così sbigottito che le parole mi si ingarbugliarono in bocca. Riuscii solo a balbettare qualcosa sulle fibbiette dei sandali che non si chiudevano.

«Non riesco a pensare ad altro. Te ne sarai accorto, no?»

Risposi di no, che non potevo leggerle nel pensiero. Ma era solo un modo bugiardo per prendere tempo. Ora finalmente capivo: i mutismi, i sospiri e le veglie. Fino ad allora li avevo attribuiti a una peculiarità del carattere di Carla. Lei non aveva armadi in cui rinchiudere gli scheletri – gli scheletri, con lei, danzavano liberi in tutta la casa. Il dolore, la felicità o il rimpianto la invadevano interamente. Se c'era una persona cui credere quando diceva di non riuscire a pensare ad altro era proprio lei. Avevo completamente travisato, però, la natura dei suoi pensieri. La credevo ancora accanto a me, il viso rivolto all'indietro, all'inverno passato e alla morte. Invece era già lontana. E guardava avanti. E certe frasi – come due mesi prima, quando avevamo appena traslocato in un appartamento grande quasi il doppio di quello vecchio e lei, aggirandosi per le stanze ancora ingombre di scatoloni, non faceva che chiedermi se davvero avessimo fatto la scelta giusta, se per sole tre persone fosse proprio necessario tutto quello spazio – ora si chiarivano, perdevano la posticcia intonazione frivola. Nulla era mai frivolo in Carla, avrei fatto bene a ricordarmelo. E ora eccola lì, sul greto, mentre ci avviavamo verso casa, che quando dovevamo superare una zona di rocce particolarmente irte e sconnesse mi cercava la mano. Una rabbia chiusa, impotente, mi assalì.

«Ma scusa», dissi, «non vedi che razza di vita è la nostra? Non fai altro che lamentarti che sei sempre di corsa, che non hai tempo per te, che non hai più un'amica. Credi che con un altro figlio tutto questo migliorerà?»

La sentii puntare i piedi. Disse che non gliene importava più niente.

«A me importa», ribattei alzando la voce. «È con me che ti lagni tutto il tempo».

Questa volta fu mia figlia a puntare i piedi e a tirarmi per un braccio: «Non litigate», piagnucolò.

«Parlane con tua madre», dissi. Lei eseguì alla lettera. Quando sentii mia moglie spiegarle che stavamo discutendo di un eventuale *fratellino*, non mi trattenni più. Accelerai il passo e le staccai. Per tutta la salita fino in paese restammo in silenzio – io sempre davanti, isolato, ostile e ridicolo. Pranzammo senza una parola. Avevo voglia di fracassare piatti e bicchieri. Avrei scaraventato volentieri una sedia dalla finestra. Carla invece pareva serafica e indisturbata. Mangiava, e di tanto in tanto si interrompeva per tagliare la carne nel piatto di Giulia. Il silenzio era il suo elemento. Così fu in un silenzio furioso che passammo quel pomeriggio, e la serata, e il mattino seguente fin quando Carla ricevette a sorpresa la visita della sua amica Teresa, di passaggio a Castagneto e incinta all'ottavo mese.

Teresa teneva le mani incrociate sul pancione e sorrideva nel suo inedito pallore: salendo le quattro rampe di scale si era molto affannata, e ora tirava il fiato, una ciocca di capelli incollata alla fronte, e cercava il respiro per spiegare a mia moglie cosa ci facesse in paese, dove l'avevamo inutilmente invitata almeno altre dieci volte. A quanto pareva a suo marito, fotografo, avevano commissionato un servizio sul famoso ponte cinquecentesco che a poca distanza da Castagneto scavalcava il fiume con una sola grande arcata in pietra. In mattinata sarebbero ripartiti verso Livorno, dove li aspettava il traghetto per la Sardegna. Io me ne stavo zitto in disparte, mi attardavo nella ricerca di una bustina di tè deteinato – altro che tè, la cicuta le avrei offerto – mentre, ancora risentito e incredulo della sua apparizione, non smettevo di osservarla di sottecchi. Era una donna di quarantadue anni, sottile e nervosa nonostante l'avanzata gravidanza, con braccia e gambe lunghe e scheletriche e un seno smunto, e questa sua magrezza estrema dava al ventre rigonfio una forma ogivale e un'aria minacciosa, come se sotto l'abito di lino leggero non smettesse di pulsare e stesse per esplodere proprio lì, nella nostra cucina, tanto che io e Giulia pur tenendoci a distanza di sicurezza non potevamo distoglierne lo sguardo.

«C'è un bambino, sai, qui dentro», disse Teresa rivolta a mia figlia.

«Ma come hai fatto a mangiarlo tutto intero?», domandò Giulia preoccupata.

Uscii subito dopo colazione portando con me nello zaino le cartine, la bussola e il binocolo. Cinque minuti dopo imboccavo la salita ghiaiosa che portava ai ruderi del castello. Superato il crinale, scesi per una valle stretta e deserta incisa a fondo tra i fianchi delle colline. L'auto correva serrata tra i boschi, nel tunnel umido e buio formato dall'intreccio dei rami, con i rovi che frustavano finestrini e fiancate. Il sole era sparito dietro quell'intrico vegetale e la temperatura calava rapidamente. La strada si interruppe all'improvviso davanti a una vecchia fontana dalla vasca di pietra. Bisognava proseguire a piedi.

Scesi a terra. L'aria era umida, imbevuta degli odori di terra e muschio. Avrei voluto bere, ma la fonte era estinta e sul fondo della vasca cresceva un'erba pallida. Salendo dovetti fermarmi di tanto in tanto per individuare il tracciato incerto del sentiero. I miei scarponi calpestavano la terra nuda e friabile, lasciavano le prime orme umane dopo chissà quanto. Dopo mezz'ora di salita, la cupola dei rami cominciò a mostrare squarci sempre più ampi. Le felci, ora, mi arrivavano al petto. Un passo dopo l'altro la luce aumentava d'intensità e, senza rendermene conto, accelerai l'andatura. Quando sboccai sull'altopiano erboso che dominava le colline a perdita d'occhio stavo quasi correndo. Mi guardai intorno sforzandomi di riprendere fiato, piegato in due, con le mani sui fianchi. Il paese, affondato in una conca, non si vedeva più. Non si vedevano strade, né case, né campi coltivati. La pianura, con le sue città, le sue autostrade, era lontana e persa nella foschia.

Presi la cartina dallo zaino, la spiegai sull'erba e, usando la bussola, la orientai. Poi la bloccai con quattro grosse pietre.

Davanti a me, verso sud, una parete rocciosa precipitava in un vallone sommerso da un groviglio di arbusti spinosi, senza strade o sentieri; alla mia destra il terreno declinava in un prato disteso, interrotto soltanto dai resti smozzicati e coperti di rovi di una vecchia casa. Secondo gli appunti, che avevo tradotto dalla storia ufficiale del reggimento, gli americani erano sbucati da quel vallone scosceso per travolgere le posizioni di un reparto della 44ª Divisione austriaca, una unità sulle cui vicende era impresso un inequivocabile sigillo di sventura: annientata a Stalingrado, era stata ricostituita e spedita quassù nel settembre del 1944 a fronteggiare l'88ª americana, una unità scelta entrata in linea da pochi mesi dopo aver passato i precedenti due anni a rifinire il proprio addestramento. Potevo immaginarli, quegli austriaci. Potevo quasi vederli: ragazzi smagriti e padri di famiglia, tormentati dalla fame, dai pidocchi, dalla paura e dalla nostalgia, sotto le piogge di quel diabolico settembre. Eppure, nelle settimane che precedettero l'assalto che ero venuto a ricostruire cercando di fare giustizia delle balle delle storie reggimentali, erano riusciti a giocare qualche brutto tiro al nemico. Sfruttando i banchi di nebbia, infilandosi nelle nubi basse ingolfate nelle conche e nelle vallette non segnate sulle carte, si erano infiltrati a piccoli gruppi tra le avanguardie, si erano lasciati alle spalle gli avamposti disseminati sulle alture circostanti ed erano riusciti a catturare un intero comando di battaglione, impadronendosi delle carte tattiche e dei preziosi cifrari. I fanti americani gliel'avevano giurata, agli austriaci. E proprio lì, dove mi trovavo, erano venuti a prendersi la loro rivincita.

Ma non erano saliti dal vallone, questo era chiaro. Per superare la parete a strapiombo avrebbero dovuto arrampicarsi con corde e rampini sotto una pioggia di proiettili e bombe a mano, come in un film.

Percorsi l'altopiano da est a ovest. Il terreno era irregolare, tutto una gobba, a ogni passo tradiva le caviglie. I fili d'erba erano sottili come capelli. Individuai quanto restava delle posizioni austriache: una linea spezzata, a zig zag, poco più di un canaletto di scolo. Era stata una trincea. Più avanti l'altopiano digradava dolcemente verso una valle brulla e polverosa. Eccoli, gli americani. Salivano dal fondovalle, correvano curvi verso di me. Si gettavano a terra, si rialzavano, correvano. Quella dello strapiombo doveva essere stata una diversione – qualche raffica per attrarre il fuoco dei difensori e via, al riparo, mentre il grosso della forza si faceva sotto sul fianco destro, l'unica direttrice d'attacco realistica. Gli austriaci, naturalmente, dovevano essersene accorti. Ma a quel punto si trovavano già sotto il fuoco dell'artiglieria e dei mortai e non potevano più lasciare la trincea. Erano stati sepolti lì, nelle loro stesse posizioni.

Carla non riusciva a pensare ad altro che alla vita. Io stavo in piedi su un cumulo di ossa, non potevo pensare ad altro che alla morte, e quel pensiero era tanto forte da trasformarsi in una sensazione fisica. Me lo sentivo pulsare nelle orecchie. Tornai sui miei passi, raccattai il mio armamentario da voyeur di antiche, spente violenze, e cominciai la discesa.

Quegli austriaci, lassù, erano i miei fratelli. Non i vivi del paese che incontravo ogni giorno, cui stringevo la mano, con cui scambiavo battute e risate, ma quei corpi frammisti, spezzati, le cui carni dissolte tanto tempo prima nei loro elementi chimici primari erano scivolate via con la pioggia, nei rivoli che correvano a valle. E anche i vincitori erano miei fratelli, quelli sepolti sotto le croci bianche nei cimiteri disseminati nei dintorni oppure chissà dove dall'altra parte dell'Atlantico.

Rientravo in paese, ormai, e sulle labbra avevo una frase che arrivava dritta dal cuore dell'inverno: *Noi vinciamo la nostra morte.*

Quando mi ero accorto che mia madre, dopo due lunghi sospiri, non aveva ripreso a respirare, e che la gabbia delle sue ossa era come crollata su se stessa, il corpo ammassato e ormai disarticolato sul materasso, quello che avevo provato non era stato, lì per lì, che un senso di rivalsa. Ce l'aveva fatta, era fuggita. Si era liberata. Allora mi era venuta in mente quella frase che avevo letto chissà dove tanti anni prima e poi dimenticato. Certo, significava tutt'altra cosa. Ma era tornata.

Noi vinciamo la nostra morte.

Sulla via del ritorno incrociai un paio di persone, che non salutai. Loro d'altra parte non salutarono me. Neanche un cenno, come se non mi vedessero.

Non andai subito a casa. Me ne restai in macchina. Accesi la radio, cercai un programma di musica e alzai il volume al massimo, come avevo fatto per tutto l'inverno andando e tornando dall'ospedale, l'Ircc, che distava dalla città una ventina di chilometri.

Ircc è un acronimo che sta per Istituto per la Ricerca e la Cura del Cancro – niente giri di parole, nessun tentativo di velare la realtà. Anche perché il cancro, là dentro, era una realtà talmente solida e intrattabile da proiettare sul resto del mondo una luce d'inconsistenza. L'evidenza del cancro, brutalmente materiale ed esemplificata alla perfezione dalla schietta mancanza di ambizioni estetiche dei quattro tozzi piani in mattoni rossi dell'edificio, contaminava ogni altro aspetto del mondo e della vita con un dubbio d'irrealtà. Era come se un vento incessante, soffiando da quella costruzione verso la città dei vivi, correndo attraverso i boschi e i campi ghiacciati d'inverno tra ombre perenni e abbacinanti sprazzi di luce, dissolvesse ogni cosa sul suo cammino. Al suo cospetto parole come futuro, felicità, famiglia, lavoro, amicizia, amore, si sbriciolavano in sillabe senza senso.

Era una fortuna, pensavo, che l'Ircc fosse stato costruito così lontano, perché una volta varcate le sue porte scorrevoli riprendere immediatamente posto tra le occupazioni e i discorsi quotidiani mi sarebbe stato impossibile. Di quella distanza, di quello spazio che diventava tempo da trascorrere in una macchina lanciata a tutta velocità con la radio rombante, non avrei potuto fare a meno. Riuscivo in quel modo, a poco a poco, a liberarmi del sortilegio della verità. Solo così potevo tornarmene a casa e cenare, parlare con Carla del più e del meno, aiutare Giulia che colorava un disegno, guardare la televisione o sedermi in poltrona a leggere il giornale, infine andarmene a letto, e perfino dormire.

Passate le rituali giornate di silenzio, cui era seguita una penosa fase di distensione inquinata da sospetti reciproci e rimproveri lasciati filtrare con perizia diplomatica, io e Carla avevamo ripreso una parvenza di vita normale. Era stato un processo cauto, faticoso, scandito da brusche ricadute e slanci inaspettati, come quando ci capitava di svegliarci contemporaneamente nel cuore della notte e di tenderci la mano nel buio. L'afferravo e me l'attiravo addosso attraverso quella che mi pareva una vastità, e non era altro che mezzo metro di lenzuola e coperte aggrovigliate. Sfilata la camicia da notte, anche il corpo di Carla assumeva proporzioni gigantesche. Ci stringevamo, infilavo una gamba tra le sue e la sentivo fremere come mai le succedeva quando in quel letto ci venivamo incontro da svegli. Facevamo l'amore, e lei veniva rapidamente, tremando sotto di me nell'oscurità totale. Mi sussurrava di non fermarmi. Ma già a quel punto l'atto non mi corrispondeva più. Senza nulla cui aggrapparmi, stavo abbandonando la densa corrente di desiderio che mi aveva spezzato il sonno. Lo spasmo elettrico che sentivo nascere alla base della spina dorsale avrei voluto spingerlo su, in fretta, verso la nuca, perché stavo risalendo dal fondo della notte e lo sapevo. Un lampo smorto mi balenava davanti agli occhi, si spegneva, si riaccendeva più debole, si estingueva. Ricadevo sulla schiena.

«Cosa c'è?», mi chiedeva Carla.

«Niente», ansimavo, «tutto bene».

Il respiro a poco a poco si placava. I pensieri del giorno mi circondavano come una banda di questuanti. Ero sveglio.

Carla posò un tocco di giallo ocra, una punta appena tra le tante pennellate verde scuro che ormai ricoprivano l'angolo in basso a destra della sua tela, poi fece un passo indietro e, aggrottando la fronte, ne considerò l'effetto. Arretrò ancora un po'.

«Ma non c'è, quel giallo», feci presente indicando fuori dalla finestra i boschi sulla collina del castello.

«Se non si vede non vuol dire che non c'è. E comunque si vedrà presto».

Infilò il pennello nel barattolo col solvente e chiuse la finestra ruotando con forza la maniglia. Poco prima di mezzogiorno si era levato un vento rabbioso che aveva cacciato tutti a casa.

«Mi sa tanto che dovrò aggiungerne, di giallo e di marrone», disse Carla.

Non era ancora ferragosto e già l'autunno minava la stagione. Le serate erano fresche e umide. La mattina il paese si svegliava sotto un lenzuolo di rugiada.

«L'hai poi restituito l'anello?», chiese Carla.

Alzai le spalle. Restituito? Non me l'ero neppure fatto consegnare, ma che fretta c'era? Ogni mattina al bar trovavo Nevio che si gingillava con la sua scatola azzurra. La apriva: il sole brillava sull'anello con la stellina e lui dirigeva il riflesso verso il tavolo accanto, che era sempre quello delle ragazze che leggevano la *Gazzetta* per cercare di capire a quali, tra gli smaglianti atleti che presto avrebbero fatto la loro comparsa, i fianchi snelli avvolti in un asciugamano a mo' di pareo, zoppicanti e circonfusi di gloria giovanile, sarebbe toccato un futuro da professionista. Quando una di loro, distratta dallo scintillio del gioiello, si girava verso il tavolo di Nevio, lui le sorrideva e richiudeva la scatola. Le ragazze, ora, non erano più sei ma quattro, le altre dovevano aver rinunciato. Oppure, chissà, avevano trovato il loro calciatore. Avevo notato, col passare dei giorni, che Nevio finiva per dirigere il riflesso sempre sulla stessa, l'unica a non mostrarsi infastidita, che anzi lo salutava con la mano e gli sorrideva. Era una mora dai capelli corvini tagliati corti, con le spalle ben formate, il seno rotondo e pronunciato, la schiena forte, la pelle abbronzata e nuda nel triangolo lasciato scoperto dal costume intero fin quasi alla flessuosa ondulazione del sedere. La battezzai «la Sportiva». Le poche volte che si toglieva i maledetti occhiali avvolgenti mi sorprendeva con un paio d'occhi di un nero vellutato, in cui era impossibile distinguere la pupilla al centro dell'iride. Quando si accorgeva del riflesso posato su di sé la Sportiva salutava Nevio e si indicava la caviglia, dove aveva tatuata, appunto, una piccola stella. Gli sorrideva con l'aria d'intesa di chi è parte di un gioco svolto tutto alle spalle altrui.

Nevio, però, non era un bimbo che giocava. Aveva la mia età. Difatti, non appena i calciatori lasciavano la piscina e venivano a stravaccarsi sulle sedie di vimini del bar, subito dopo che le ragazze si erano precipitate a raggiungerli, lui lasciava il suo tavolo, mi sedeva accanto e commentava.

«L'hai vista quella, la mora, come mi guardava?»

«Potrebbe essere mia figlia», rispondevo, distogliendo a malincuore lo sguardo dallo spettacolo della migrazione delle ragazze.

«E potrebbe essere anche tua figlia», avevo aggiunto una volta, pochi giorni prima, calcando forte sul *tua*. Era rimasto senza parole. Era evidente che – circondato com'era dalle mille ansie di genitori ancora premurosi e assidui – non aveva mai pensato a se stesso come adulto. Mi chiesi quale mai potesse essere la sua concezione dello scorrere del tempo, visto che dall'adolescenza la sua vita non aveva subito il più piccolo mutamento, e pochissimi ne aveva subiti il suo aspetto esteriore. Cambiai subito discorso.

«E con Maria come va? L'annusi ancora?»

«Ah, per favore. Lasciamo perdere».

«Emil?»

«Sì, Emil», sbuffò scuotendo la testa. «Sai cos'ha fatto? È andato a lamentarsi dal maresciallo. Ha detto che le davo fastidio».

«Ci sono sempre queste ragazze qua», dissi. «Sono belle abbastanza, no?»

«Sono sempre più belle».

Nevio era arrossito, si era girato per evitare il mio sguardo e si era infilato gli occhiali scuri.

Poco dopo l'apparizione dei calciatori, mi salutava e s'incamminava verso la piazza. Dove andasse non lo so, visto che al bar dove lavorava Maria era meglio non si facesse vedere per qualche tempo.

Augusto, lo incontravo più tardi. Lì al bar della piscina non veniva più per evitare di incontrare Pietrino Abate, che sbucava dagli spogliatoi vestito di tutto punto, confabulava un po' col barista, segnava a dito le ragazze – disperse, ormai, ai tavoli degli atleti – e a ognuna faceva portare un cocktail alla frutta in una gran coppa ornata di ombrellini, fiori di carta o bandierine. Loro bevevano, guardavano di sottecchi e non ringraziavano. Lui andava a sedersi al margine estremo dell'assembramento, sempre allo stesso posto. Torvo sotto il sole, la fronte calva luccicante di sudore, si accarezzava la mascella ispida, si accendeva una sigaretta, poi la spezzava in due nel portacenere e beveva il suo Campari d'un sorso. Consumava così il resto della mattinata, fino a mezzogiorno in punto, quando l'allenatore e il preparatore atletico venivano a radunare la squadra per il pranzo e le ragazze tornavano a riunirsi intorno allo stesso tavolo.

Aspettavo, un giorno dopo l'altro, che Pietrino giocasse la sua carta migliore, le invitasse cioè a prendere coscienza del fatto che lui, a differenza dei diciottenni riefenstahliani, era *già* ricco sfondato – come poteva testimoniare la sua Audi parcheggiata a casaccio nel vialetto che portava al bar – e magari ne approfittasse per portarsele a pranzo in uno dei rinomati ristoranti di pesce dell'Adriatico che sarebbe stato in grado di raggiungere a tempo di record. Ma non si decideva mai. Le ragazze si allontanavano, si salutavano con un cenno del capo. Si sarebbero riviste a sera, nello stesso posto. Io rientravo a casa per il pranzo. Prima di mettermi a tavola non mancavo mai di gettare uno sguardo dalla finestra della mia antica camera, la stessa dove Carla stava dipingendo la sua veduta. Il bar era deserto, e quando fossero cessati gli schiocchi sui campi da tennis, invisibili dietro la siepe di ginepro, sul paese sarebbe calato il silenzio. Abate era ancora al suo tavolo.

Venticinque anni prima, Pietro Abate e Stefania Rovere formavano l'equivalente paesano di quella che era allora la coppia di fidanzati più famosi del mondo, Diana Spencer e il principe Carlo. La cronaca mondana che prendeva forma al bar, durante le attese dal fruttivendolo o dal macellaio e nei resoconti che le donne si scambiavano al mercato, non parlava che di loro, così bene assortiti – lui alto, bruno, forse un po' chiuso e rustico ma di sicuro *un bel sano*; lei affabile, di buon carattere, sempre disposta alla risata, per non parlare della sua bellezza quasi scandinava che attirava e saziava l'occhio – così diversi eppure proprio per questo destinati a completarsi a vicenda esattamente come una volta perfezionato il matrimonio sarebbe accaduto alle rispettive fortune familiari, entrambe radicate nella proprietà dei vasti castagneti che circondavano l'abitato e in seguito sbocciate nel commercio dei mobili, dei gioielli, del legname e nell'allevamento aviario su scala industriale. Erano i principi ereditari del paese, e fu proprio la loro fama a decretarne la rovina come coppia, poiché a quella celebrità nel corso degli anni finirono col reagire in maniera opposta e imprevedibile. Tutto quell'entusiasmo induceva il taciturno Pietro a dimenticare – o meglio, a considerare irrilevanti – le proprie manchevolezze, quelle inadempienze che col passare del tempo si stavano rivelando senza rimedio: la sua incapacità di completare il normale iter scolastico e di trovare una collocazione durevole in una qualsiasi delle aziende paterne, nonché quella preoccupante inclinazione all'isolamento che faceva sì che lui, popolarissimo, non avesse tra i suoi coetanei neppure un amico o un confidente. Fin dai primi tempi del loro legame, Pietro fu sempre restio ad allontanarsi dal paese, fosse pure per poche ore e di pochi chilometri. All'inizio questa sua ritrosia non rappresentò un problema. Ma, terminato il liceo, Stefania si iscrisse a Lingue. Dopo un anno da pendolare decise che ne aveva abbastanza e si fece comprare dai genitori un piccolo appartamento a Bologna. Pietro sfogò il suo disappunto in una contrarietà ombrosa e sottaciuta. Non che non fosse innamorato della sua Stefania o che, privo com'era di vere amicizie e di altri legami, non avesse bisogno di lei – ne aveva, alla luce di quanto accadde in seguito, un bisogno disperato – ma l'orgoglio e la timidezza gli impedirono di confessarglielo apertamente. Poiché rifiutò sempre di andarla a trovare in città, da quel momento in poi si videro soltanto durante le vacanze e i fine settimana.

A partire dal secondo anno Stefania cominciò a dividere l'appartamento bolognese con una compagna di università e, avvicinandosi l'estate, non riuscì a trovare alcun motivo valido per non seguire l'esempio dell'amica, che aveva deciso di trascorrere le sue vacanze estive a Londra. Ne parlò con Pietro e lo invitò a seguirla – più esatto sarebbe dire che lo pregò, lo scongiurò di accompagnarla prospettandogli i danni che il loro legame avrebbe sofferto da quella lontananza proprio nel periodo dell'anno in cui, essendo lei libera da impegni di studio a Bologna, avrebbero finalmente potuto stare insieme come si conveniva a una coppia di fidanzati. Ma per lui la parola *estero* aveva un significato vago e ostile. Il suo mondo si divideva in due: il paese e il resto. Oltre il cartello *Benvenuti a Castagneto* si avventurava sempre controvoglia e la presenza di forestieri lo metteva a disagio. La sola idea di milioni di forestieri che parlavano una lingua straniera bastava a gettarlo nel panico, e così declinò l'invito. E quello successivo, a New York. E poi quello a Francoforte, dove Stefania si trasferì per sei mesi approfittando di uno dei primi scambi Erasmus. Dopo Francoforte, lei smise semplicemente di invitarlo, e non riprese neppure dopo la laurea, quando i soggiorni per master e corsi di perfezionamento si fecero più lunghi e frequenti. A Castagneto continuavano a farsi vedere insieme, ma Stefania spesso portava con sé un'amica.

A ripensarci, ricordavo ancora il senso di scellerato trionfo che mi gonfiava il cuore in quei giorni quando, osservandoli, mi confermavo ogni volta di più nella certezza che la loro storia volgesse al termine, come per anni avevo sperato in segreto, tenacemente, spinto dalla più squallida e inconfessabile invidia – una bassezza che del resto condividevo con tutti i miei amici (e chissà quanti altri), dal momento che ai bei tempi della coppia bastava la vista di loro due abbracciati, o dell'auto di lui parcheggiata, la sera tardi, nell'angolo più buio del piazzale sterrato poco fuori dal paese dove andavamo a fumarci le canne, per riempirci di rabbia e spingerci a sfogare, sia pure verbalmente e alle spalle dell'interessato, tutto il nostro rancore per quel bifolco che proprio mentre noi ci stordivamo con del marocchino di seconda scelta poteva godersi fino in fondo Stefania, allora splendida, bionda, profumata, morbida, carnale, oggetto in privato delle nostre più disperate fantasie.

Ma ora quei tempi erano finiti, e lei con Pietro si annoiava da morire e, poiché l'attenzione generale non voleva ancora saperne di distogliersi da loro due, aveva cominciato a poco a poco – provandone, all'inizio, un senso di colpa che ne offuscava la naturale radiosità – a vergognarsi di quel fidanzato che nel corso degli anni non aveva saputo stare al passo con lei. Adesso, se li incontravi sulla piazza, potevi vedere Stefania camminare tenendo a braccetto l'amica di città, e Pietro che le seguiva restando sempre due passi indietro. Divenne aggressivo, capriccioso. Guidava veloce e senza discernimento, sfasciando una macchina dopo l'altra in incidenti che costarono parecchi mesi d'ospedale a lui e ai sempre meno numerosi incauti che ancora se la sentivano di accompagnarlo. Si adombrava per sciocchezze da nulla e a Stefania toccava calmarlo, blandirlo con pazienza e piccole dolcezze e rimproverarlo quando per strada o nei bar attaccava briga con qualcuno dei presenti. Lo trattava come un fratello minore. In paese avevano cominciato a chiamarlo Pietrino.

«Non mi piace quello che sta facendo Nevio», insistette Carla mentre riponeva i suoi tubetti di colore nell'astuccio a scomparti. «Dovresti farti dare l'anello e restituirlo».

«Perché? In fondo, cosa sta facendo di male?»

«Lui? Niente, ma quelle là lo faranno impazzire».

Mi avvicinai alla finestra e guardai fuori. I tavolini del bar accanto alla piscina erano deserti, e vuoto era anche il posto di Pietrino. Gli ombrelloni erano chiusi, puntati verso un cielo che era un viavai impazzito di nuvole nere. Passeri e colombi se ne stavano appollaiati su un cavo elettrico al riparo di un cornicione e in aria erano rimaste soltanto le rondini: si gettavano nei vortici rannicchiando le ali per poi spiegarle a mezzo metro da terra e sfogare la velocità in una cabrata folle che le riportava lassù, nel caos, dove per un istante ondeggiavano controvento, giusto il tempo di divorare l'insetto che stringevano nel becco, poi si rituffavano, precipitavano ancora. Non erano creature del nostro mondo, erano spiriti dell'aria. Quando da bambino mi capitava di trovarne una morta, schiantata e ridotta a un impasto di piume e sangue, mi prendeva un orrore sacrilego. Sentivo che non avrebbe dovuto essere lì e che, in ogni caso, non avevo il diritto di guardare.

«Nevio ha sempre fatto così», ribattei. «Tutte le estati. Gli hanno fatto ogni tipo di scherzo. Gli danno appuntamento davanti al cancello del cimitero a mezzanotte e lui non solo ci va, ma aspetta fino alle quattro. Ogni volta, purtroppo, ci ricasca. Un anno dopo l'altro. Anche ammesso che riesca a farmi consegnare l'anello, il giorno dopo cosa credi che farà? Filerà dritto a comprarsene un altro».

«È una cosa orrenda», disse Carla. «Bisogna farle smettere».

«Non è tutta colpa loro. È lui che gli telefona».

«Non è possibile».

Le riferii quanto Augusto mi aveva raccontato un paio di giorni prima. Casomai a qualcuno dei calciatori fosse venuta voglia di chiamarle, le ragazze avevano lasciato i loro numeri al barista, che li aveva venduti a Nevio.

«Ecco chiarito il mistero», conclusi.

Scosse il capo. Non era un problema di numeri di telefono. Quello che non riusciva a capire era perché Nevio insistesse a chiamarle.

«Carla», dissi. «Pensaci un attimo. Nevio è stato fortunato a vivere qui a Castagneto, ma solo sotto certi aspetti. Qui ci si conosce tutti. Ognuno è sotto gli occhi degli altri. E quando tutte le persone che conosci crescono, trovano un lavoro, si sposano, hanno figli, e invece tu, gli anni passano e la tua vita non cambia... insomma, pensaci un attimo. Una donna non l'ha mai avuta. E quelle ragazze, farle ridere di lui è pur sempre farle ridere».

Carla non rispose. Avvitava i tappi e separava i colori con cura, ogni tubetto al suo posto, i blu con i blu, i rossi con i rossi. Ora mi volgeva le spalle. Le vidi incurvarsi nella tristezza. Mi accostai e l'abbracciai da dietro. Le scostai i capelli e le avvicinai le labbra al collo, subito sotto l'orecchio. Lei mi afferrò tutte e due le mani. Aveva le dita macchiate di giallo, ma non l'ocra con cui poco prima stava ritoccando il paesaggio, un giallo acceso e vibrante che nel quadro non c'era.

«Lo faranno impazzire», ripeté, «lui e i suoi genitori».

«I suoi genitori hanno solo da andarsene a letto, invece di

aspettarlo in piedi ogni notte. Dopotutto ha la mia età, Cristo santo!, è una cosa ridicola», sbottai.

Carla mi si strappò dalle braccia, fece un passo avanti e si girò verso di me.

«Hai mai parlato con suo padre?», chiese.

Scossi la testa. Il padre di Nevio era un anziano signore quasi albino, basso e panciuto come un coboldo. Non si vedeva spesso in giro, e di rado mi era capitato di rivolgergli la parola.

«Mi ha fermato ieri pomeriggio in piazza», disse Carla. «Sa che tu e Nevio vi vedete, e voleva pregarti di insistere per la faccenda dell'anello».

«E perché non l'ha chiesto a me?»

«C'ero io lì, in piazza».

Il padre di Nevio aveva riversato su Carla tutto il suo repertorio di ansie per la salute del figlio che, diceva, si stava avvicinando a un'età critica per i trisomici, un momento oltre il quale il loro tasso di mortalità tendeva bruscamente ad aumentare. Le aveva raccontato di una malformazione cardiaca congenita, e dei gravi rischi che avrebbe potuto presentare con il passare del tempo. Anche una semplice influenza, a questo punto, avrebbe potuto essere pericolosa. Probabilmente esagerava, ma Carla ne era rimasta impressionata.

«Nevio sta benissimo», dissi, «anzi, non è mai stato meglio».

Carla aveva finito di riordinare i suoi colori, e richiuse l'astuccio di legno con uno scatto secco. Poi si sporse dalla finestra, afferrò gli scuri, li attirò a sé facendoli sbattere forte e lasciò la stanza senza degnarmi di uno sguardo. Io rimasi immobile nella penombra ad ascoltare i primi tuoni, mentre il vento rinforzava e scrosciava tra i tigli del giardino con il fragore di una cascata.

Proprio all'ingresso del paese, dopo una curva a gomito, dalla strada provinciale si separava in lieve salita il dritto viale di platani su cui affacciavano le più illustri e sventurate ville di Castagneto, che a coppie o a gruppetti gli abitanti scendevano volentieri a rimirarsi nelle passeggiate del dopocena. Sostando di fronte alle inferriate si indicavano l'un l'altro le imprevedibili torrette dai tetti aguzzi di ardesia, i padiglioni liberty in vetro e ghisa, i mosaici, le statue verdi di muffa che ancora emergevano dai fogliami. Tutti ardimenti sconosciuti alle loro comode e squadrate villette geometrili, che però destavano ben poca ammirazione. A prevalere erano invece il biasimo e una tacita, appagata rivalsa per la rovina in cui uno dopo l'altro erano incorsi i loro passati abitatori, come se quelle bizzarrie architettoniche non fossero altro che i segni rivelatori di altrettante tare della personalità che essi non avevano saputo imbrigliare.

Quelle case – soltanto tre per un viale che era lungo, forse, mezzo chilometro – erano tutte abbandonate e disfatte, e illustravano, a saperle osservare, gli stadi progressivi della rovina.

La casa dell'avvocato Turrini, per esempio, morto quarantenne alcolizzato e morfinomane a metà degli anni Sessanta, quella Villa Daphne che i racconti descrivevano superba e sfacciata come già la troppo dotta grafia del nome lasciava intendere, era opera di uno dei più giovani e arrembanti architetti dell'era fascista, già costruttore di città nelle zone di bonifica e dopo la caduta del regime riconvertitosi all'edilizia privata. Costui, abbandonati i rigori del decumano e dei chiostri d'archi a tutto sesto, sembrava avesse dato sfogo nel dopoguerra a tutto quel che aveva dovuto tenersi nella penna durante il ventennio. Una facciata barocca rigonfia come un'onda, balconcini panciuti e un grande portone a riquadri, ora divelto e cadente tanto da lasciar scorgere, all'interno, lo smisurato scalone ricurvo dai gradini di porfido che portava al piano delle camere da letto – e, nel giardino, tra i rovi intricati e irti come reticolati, una statua di Apollo e della ninfa che mi era sempre stata descritta come una vera e propria sconcezza ma che, avvolta com'era in una spira inestricabile d'edera inselvatichita, non ero mai riuscito a vedere. O la Villa Desiderio che fu del professor Rosati, proprietario di una metà buona delle colline intorno a Castagneto, unico laureato in una famiglia di rozzezza poco meno che feudale, insegnante d'italiano e latino in un liceo di Bologna che finì suicida in carcere dopo aver sedotto un allievo – e si diceva che i parenti l'avessero lasciata andare in rovina a dannazione della sua memoria, e anzi vi avessero appiccato il fuoco che se n'era mangiata un'ala.

Per quanto mi sforzassi, di quelle costruzioni riuscivo a ricordarne viva e abitata soltanto una, ed era Villa Edith, la vecchia casa degli Abate, quella in cima al viale e pertanto la più vicina al centro del paese.

Da bambino era la mia preferita. Per via del suo giardino dove abbondavano i sempreverdi, della palma, della magnolia e delle piante grasse, fresche e lustre anche nelle giornate roventi di luglio. Costeggiata dal vialetto che portava al padiglione d'ingresso c'era una fontana ovale con un getto che sempre – persino nei periodi di siccità più penosa, quando il resto del paese doveva attendere la sera per lavare i piatti del pranzo – sprizzava alto e lucente da una piramide di rocce muscose per ricadere, dividendosi in una doppia arcata, nell'acqua dove lenti pesci ornamentali rossi e rosei nuotavano su un fondale a mosaico. In quelle arsure anche solo infilare la testa tra le sbarre ritorte della cancellata era un refrigerio. La casa in sé, poi, era un intreccio bizzarro e ingenuo di neogotico e floreale. Era verniciata di rosa, con certe piccole finestre appuntite, e su un lato della facciata nasceva una torretta dal tetto aguzzo cui – immaginavo – si saliva per una scala a chiocciola.

Un'estate tornai e la trovai sprangata e deserta, con un grosso lucchetto al cancello. Il signor Abate si era trasferito con il figlio dodicenne nel grande appartamento sopra l'oreficeria, nella piazza del paese. Della madre di Pietro, la signora Edith – ma nei quindici anni ch'era rimasta a Castagneto per tutti, parenti compresi, era sempre stata «la Francese» – si erano perse le tracce. Tornata in Costa Azzurra, si diceva, dove l'aveva conosciuta il ricco orefice e proprietario terriero ai tempi in cui ancora, di tanto in tanto, i notabili del paese usavano partire in gran pompa d'abiti nuovi di sartoria e d'automobili decappottabili per rapide puntate ai casinò della Riviera destinate a diventare, d'inverno, materia d'epopea e leggenda da bar. Negli anni che era rimasta a Castagneto, non l'avevo mai vista da vicino, dato che non scendeva in piazza a fare la spesa come tutte le altre donne. La scorsi un paio di volte in tutto spiando nel giardino, e non potei fare a meno di notarne i capelli biondi e la pelle bianchissima, sicché mi meravigliavo di come Pietro avesse potuto uscirsene con quell'incarnato nero e maligno, ancora peggio del padre olivastro e camuso. Tutti dicevano che Edith avesse un altro figlio a Nizza, «all'Assistenza», e che proprio una sua malattia fosse stata la causa della partenza improvvisa. Nessuno, invece, sapeva fornire una ragione del suo mancato ritorno.

Pietro Abate, proprio al tempo della sua rabbiosa pubertà, si era dunque ritrovato a tutti gli effetti orfano di madre. Il padre, atteso invano il ritorno della moglie, aveva finito per sprangare la villa che ne portava il nome e decretare il trasferimento nel banale appartamento in piazza. Eppure il getto della fontana sprizzava ancora, i grossi pesci erano ancora lì, il giardino era curato e fresco, impeccabile.

A quasi trentacinque anni dall'abbandono, nulla di quella casa sembrava cambiato.

Nessuno della famiglia vi aveva rimesso piede, ma non uno solo dei mobili era stato portato via, né una delle tegole del tetto era fuori posto, la facciata pareva sempre intonacata di fresco, il rame delle grondaie splendeva, il fusto della palma veniva avvolto nella paglia in autunno e scoperto a primavera, le imposte si aprivano di giorno e si chiudevano la sera.

Pietrino e suo padre pagavano muratori, lattonieri, imbianchini, falegnami e giardinieri perché mantenessero la casa in quella sospensione, perché non la sfiorasse lo sfacelo toccato alle dimore vicine. Ma una così tenace salvaguardia generava nell'osservatore l'impressione non della vita, bensì di una imbalsamazione ben riuscita. Le finestrelle a sesto acuto, aperte senza che nessuno mai vi si affacciasse, rendevano lo stesso vuoto degli occhi di un cadavere perfettamente conservato quale, ad esempio, io e Carla avevamo potuto osservare nelle cripte dei frati Cappuccini di Palermo, dove accanto a corpi ridotti a spaventapasseri dalle orbite cave ci si trovava di fronte a una bimba di tre anni il cui viso il maestro tassidermista Salafia nel 1920 aveva riportato e poi immobilizzato a un attimo prima della morte – la chiamavano «la Bella Addormentata» ma aveva gli occhi aperti, e vi si leggeva una rassegnazione profonda, umanissima e allo stesso tempo snaturata, che suscitava orrore, pietà e rabbia.

Passeggiando per il paese ritornavo spesso a Villa Edith. E non ero l'unico. Mi capitava infatti d'incontrarvi Pietrino Abate. Pur avendo, lui, la possibilità d'entrarvi, restava ritto, immobile sotto il sole davanti al cancello, lo sguardo torbidamente assorto e come ipnotizzato dal frinio rabbioso delle cicale. Solo quando si accorgeva di me si riscuoteva, spalancava gli occhi e me li puntava contro neri e torvi secondo il suo solito – ma io a quel punto già camminavo sul lato opposto della strada e divagavo con lo sguardo, e affrettavo il passo sentendomi addosso il bruciore del suo astio immutabile.

Seconda parte

Attesi che il campanile finisse di battere le dieci, poi suonai il campanello accanto al cancelletto in ferro battuto. Sorrisi alla telecamera e salii lungo la scalinata ritorta, tra i cespugli di rose e i ligustri. Dato che da qualche giorno Augusto non si faceva vedere in paese, avevo deciso di andarlo a trovare a casa. La porta si aprì e comparve Stefania in vestaglia e pantofole. «Mi stavo facendo un caffè. Ne vuoi?», disse ritraendosi in fretta dalla luce del sole. «Qui dormono ancora tutti».

Mentre la baciavo sulle guance, gettai uno sguardo alle sue spalle, in una cucina ampia, ordinata, all'ultimo grido del design mobiliero. Entrando, vidi che alle pareti era appeso un assortimento di pentole in rame degno di un grande ristorante e al centro della stanza si ergeva la cosiddetta isola cucina con un vasto piano di lavoro in marmo su cui erano allineati altri utensili e padelle di varie dimensioni. Non c'erano sedie, ma alti sgabelli di metallo. Su un fornello sobbolliva un pentolone pieno di biberon e tettarelle di gomma.

«Grazie», dissi, «ma ho appena fatto colazione».

Lei andò lo stesso a prendere due tazzine e le posò accanto ai fornelli. Svitò la caffettiera, la riempì con l'acqua del rubinetto e cominciò a caricare il filtro. Un po' di caffè le cadde sul pavimento, ma Stefania non se ne accorse. I suoi gesti mi parevano lenti e imprecisi nonostante la consuetudine. Anzi, forse proprio a causa della consuetudine. Era la stanchezza della ripetizione, l'attrito dei giorni.

«Sai», mi disse subito dopo essersi informata su Carla e Giulia, «ultimamente noi siamo un po' preoccupati. Per via di Pietro. Certe notti mi alzo e lo vedo là fuori, accanto al cancello. Non l'aveva mai fatto prima. Non di notte almeno. Quando mi vede si allontana un po'. Va a mettersi sull'altro lato della strada, sotto il lampione, e continua a guardare».

«Hai provato a parlarci?»

Stefania mise la caffettiera sul fornello, prese un pacchetto di sigarette da una tasca della vestaglia, ne accese una e soffiò forte il fumo davanti a sé. «Augusto non vuole. Secondo lui servirebbe solo a peggiorare le cose», disse. «E poi neanche mi risponderebbe. Non è mai stato un chiacchierone, ma adesso è un disastro. Se ne sta lì a fissarmi con quell'aria da pazzo».

«Gli passerà», dissi senza convinzione. Stefania si voltò e mi fissò, per un attimo, dritto negli occhi. I suoi erano lucidi e arrossati. Poi scosse la testa.

«Non sono cose che passano. Non qui. Ne conosco, di gente che non si rivolge la parola da anni. Parenti stretti, fratelli, padri e figli che non si parlano più per delle sciocchezze». Spense la sigaretta sotto il rubinetto e gettò il mozzicone nel bidoncino della spazzatura.

Aveva ragione, in paese i rancori crescevano mostruosi, smisurati. Sapevo, per esempio, che mia nonna non aveva più rivolto la parola a sua sorella per via di una disputa ereditaria intorno a una macchina da cucire Singer avvenuta nel 1965. I risentimenti si intrecciavano, ramificavano, spingevano le loro radici sempre più lontano. E c'erano persone che non vi avrebbero mai rinunciato perché, col tempo, quell'odio era diventato il sentimento più vero e importante di tutta la loro vita. Gli uomini come Pietrino, che non avevano altro, si creavano il proprio inferno e lo portavano chiuso nel cuore fino alla tomba.

«Allora, il caffè lo prendi o no?»

Feci cenno di no.

«Mi dispiace», dissi. «Non so proprio cosa suggerirti».

«Nessuno lo sa», sospirò. Si arrampicò su uno sgabello, poggiò un gomito sul pianale di marmo e si sostenne il mento con la mano. Con l'altra si scostò i capelli dagli occhi. Mi sedetti di fronte a lei sentendomi stupido e colpevole, con tutti i miei pregiudizi nei suoi riguardi. Anche quello era il paese, pensai, avere le persone davanti e non vederle, portarsi negli occhi un'immaginetta e vivere contenti.

«Perché siete venuti a stare proprio qui?», chiesi. Dopotutto, quando si era messa con Augusto, Stefania abitava già da parecchi anni a Bologna, e in paese tornava solo per far visita ai suoi. Perché non erano rimasti in città?

Lei fece un gesto stanco con la mano che voleva indicare la stanza, la villa, il giardino che la circondava.

«Volevo che la mia famiglia fosse perfetta, e pensavo che potesse esserlo soltanto qui. Questa è casa mia».

«Qui c'è Pietrino. Ci sono i suoi parenti. Quelli non dimenticheranno mai».

Alzò le spalle. «E voi, perché tornate tutti gli anni?»

«Per noi è diverso. Sono soltanto un paio di settimane. Immagino sia soltanto pigrizia, il piacere di ritrovare le cose come le si erano lasciate».

«Be', mi dispiace deluderti», sorrise, «a nome di tutto il paese».

«Lo so che è solo un'illusione», dissi.

«E tua moglie?»

«Lei si presta a rianimare le mie illusioni».

Stefania annuì. Disse che secondo lei era quello, il matrimonio, o almeno una parte importante. Mantenere in vita le illusioni. Disse che la verità si poteva sacrificare senza rimpianti perché in quel caso non c'era niente di meno importante della verità. Disse che l'unica cosa che contasse davvero erano i desideri. Chiese che desideri avessimo io, mia moglie e mia figlia.

«Carla vuole un altro figlio», dissi. «Ecco i suoi desideri».

«E tu?»

«Io sono sull'altra sponda. Sul lato, diciamo, della morte».

Allungò un braccio al di sopra del pianale e mi prese per mano. «Mi dispiace, davvero». Poi mi chiese quanti mesi fossero passati. Erano quasi sei, ormai. Risposi con la sensazione di muovere il primo passo su una corda sospesa, e non ero sicuro di voler proseguire. Poggiavo il piede e la fune oscillava. Mi assestai sullo sgabello e mi guardai attorno nella stanza. Dalla pentola con i biberon si levava un alito di vapore. «C'è ancora quel caffè?», domandai. Stefania si alzò e tornò con la tazzina. Ne bevvi un sorso e presi fiato. Le spiegai che la situazione era semplice: c'era Carla, e c'ero io, ed eravamo vicini. Potevamo ancora tenerci per mano. Ma lei guardava in una direzione e io in un'altra, e dove guardavo io c'erano l'inverno passato, mia madre e il pensiero della morte – anche se forse pensiero, pensare, non erano le parole giuste, perché implicavano se non una scelta perlomeno una partecipazione attiva, mentre la mia impressione era di trovarmi immerso in un flusso di immagini e sentimenti che mi travolgeva. E forse nemmeno morte era davvero la parola giusta. Il morire, piuttosto; non la scomparsa, non il fatto che qualcuno un giorno c'è e il giorno dopo non c'è più, ma il processo, il cammino, tutta la fatica che deve fare un essere umano per crepare. Era stata quella la cosa peggiore, vivere, lavorare, parlare, sorridere giorno dopo giorno mentre mia madre bloccata nel suo letto correva a velocità vertiginosa nel futuro attraversando in tre mesi la catastrofe della vecchiaia, il caos delle funzioni corporee, l'intermittenza della mente. Ma guardando quel corpo che lottava contro se stesso per vincere la propria morte io quelli già sottoterra, i cari estinti, non li compiangevo affatto. Erano dei privilegiati, loro. Ce l'avevano fatta.

«E sai cosa mi succede adesso?», aggiunsi. «Oltre a quei mesi di ricovero, di lei non riesco a ricordare nulla. Flebo, sacche nutrizionali, lenzuola, il campanello di chiamata delle infermiere che lampeggia. Nient'altro. I primi tempi mi sedevo per terra accanto alla sua tomba e mi sforzavo di pensare a qualcosa che non fosse l'ospedale, qualunque cosa non avesse niente a che vedere con la malattia. Cercavo un episodio, anche lontano, infantile, da ricostruire. Ero pronto a scendere nei minimi particolari, una pennellata dopo l'altra, come Carla con le sue vedute. Mi sedevo per terra e aspettavo, e non trovavo nulla».

In quel momento la porta che dava sulla zona notte della casa si aprì e comparve Augusto già completamente vestito, come suo solito, da cacciatore. Il suo sguardo cadde sulle nostre mani che si stringevano lì sopra, sul pianale dell'isola cucina, ma lei non sciolse la presa. Si scambiarono un'occhiata, poi tutti e due guardarono me. Augusto, del resto, sembrò capire al volo la situazione, perché mi poggiò una mano sulla spalla. Cominciavo a sentirmi in imbarazzo e parlai a vanvera. Dissi che dovevo fare un sopralluogo per il mio libro e gli chiesi se avesse voglia di accompagnarmi a Vallibona, dove gli austriaci avevano sorpreso un comando di battaglione americano e l'avevano catturato al completo.

«Non c'è più niente lassù», rispose con un'alzata di spalle. «Il casale di Vallibona non esiste più da trent'anni. Lasciami bere un caffè e ti porto io a vedere qualcosa».

Versò il caffè avanzato in una tazzina e lo bevve d'un sorso. Io lasciai la mano di sua moglie.

«Ti ha raccontato di Pietrino, vero?», mi domandò poco dopo, mentre scendevamo la scala a chiocciola che portava al garage. «Me ne sono accorto prima di lei. Una notte, qualche settimana fa, mi avevano richiamato in allevamento perché una delle giumente aveva avuto un parto difficile. Io avevo riaccompagnato a casa il veterinario. Torno, e mi trovo Pietrino davanti al cancello. Gli ho chiesto permesso, lui si è scostato, io sono entrato e ho richiuso il cancello. Tutto qua. Per me non è un problema».

«Per tua moglie lo è», dissi.

«Lei ci ha passato degli anni, con quello zombie. Figurati un po', adesso, ritrovarselo ogni notte sulla porta di casa...»

A parte il chiarore smorto proveniente da una finestrella dai vetri opachi, il garage era buio. Odorava di gomma, di gasolio e di solventi. Quando Augusto accese la luce mi accorsi che era occupato per metà da una vecchia Land Rover. Sul lato opposto c'era un tavolo da lavoro di compensato grezzo con una morsa fissata al bordo anteriore e, sui lati, due grandi cassettiere di metallo addossate alla parete.

Augusto mi indicò uno sgabello girevole. Poi si sollevò in punta di piedi, aprì il cassetto più in alto, ne trasse fuori una vecchia scatola di biscotti di latta e me la passò. «Su, siediti e apri».

Ci trovai un involto di stoffa bianca della forma di un triangolo rettangolo, così pesante che per poco non mi sfuggì di mano. Cominciai a svolgerlo. Mi fermai subito, incerto. Era apparso il calcio di una pistola automatica. Scostai i lembi di stoffa e la impugnai. Era una vecchia Colt M1911, pulita e oliata.

Con la pistola in mano, alzai lo sguardo su Augusto. Mi osservava, con le braccia conserte. Sganciai il caricatore. Feci scorrere il carrello per controllare che non avesse il colpo in canna. Non maneggiavo armi dai tempi del servizio militare e avevo sempre considerato un'imprudenza tenerne in casa. Avrei voluto posarla, ma possedeva una sorta di magnetismo che mi impediva anche solo di distoglierne lo sguardo. Era nera e liscia e lucida d'olio. La sicura era abbassata, ma non ricordavo se quella fosse la posizione in cui veniva bloccato il meccanismo di sparo. Con un gesto che da parte di un altro avrei senza dubbio definito stupido, sollevai la canna e mi poggiai l'estremità, la bocca, alle labbra. Ne respirai l'odore acuto, che pizzicava nel naso e in gola. E la mia mano non voleva saperne di aprirsi. Non ero io a stringerla, era la pistola a rifugiarmisi in pugno. Augusto mi osservava e taceva. Avrei voluto chiedergli se non fosse impazzito a tenersi in casa un'arma simile, tanto più con una peste viziata e curiosa come Filippo. Invece gli domandai dov'erano i proiettili. Lui riaprì il cassetto e mi passò una vecchia scatola rotonda di tabacco da pipa. Svitai il coperchio. Comparve un altro involto, e dentro sette grosse pallottole.

«Coraggio, spingile giù, nel caricatore».

Il peso delle pallottole, il loro calibro, facevano della Colt M1911 un'arma devastante, micidiale negli scontri ravvicinati. Lì, nella mia mano, esprimeva una inarrivabile potenzialità di violenza. Con il caricatore inserito, tirai indietro il carrello e portai il colpo in canna, mi alzai, mi girai verso il lato opposto del garage e la strinsi a due mani, le dita della sinistra serrate su quelle della destra avvolte intorno al calcio. Tenevo il dito lontano dal grilletto e non avevo nessuna voglia di sparare. Uno sparo avrebbe distrutto la mia immaginazione violenta. Volevo che il frastuono assordante, il lampo, l'accumulo vertiginoso di energia cinetica restassero chiusi lì, tra le mie mani. Augusto mi si affiancò sulla destra.

«Adesso ridammela», disse, e io obbedii. Lo osservai sfilare il caricatore, maneggiarla in scioltezza, come un utensile qualsiasi. Puntandola a terra, fece scorrere il carrello per estrarre il colpo in canna. La posò sul tavolo, col piatto parallelepipedo del caricatore accanto. Mi allontanai di un passo per contrastare la tentazione di riprenderla. Poi afferrai l'avambraccio di Augusto, proprio all'altezza dei tatuaggi.

«Be'», dissi, «adesso qualche spiegazione me la devi».

«L'ho comprata tanti anni fa a Livorno, da un americano. Deve averla fatta sparire da qualche magazzino».

«No, non la pistola. Questa qui», gli battei con due dita sull'interno dell'avambraccio. «Lo scudo, la fiamma, il paracadute».

«È il fregio di un battaglione di paracadutisti della Legione Straniera. Non ricordo più quale».

«Non ricordi più quale?», replicai, incredulo.

«E allora? Ho copiato il tatuaggio dalla spalla di un amico, ormai saranno venticinque, trent'anni fa. Stavo a Roma ed ero un ragazzino».

«Ho visto come maneggi quella pistola», dissi.

«E allora? Ce l'ho da un sacco di tempo».

«Quelli che si comprano un'arma e se la tengono in casa senza averci mai sparato un colpo la trattano diversamente. La venerano, gli fanno gli altarini, si alzano la notte per andarsela a rimirare».

«L'automatica ce l'ho da quando stavo a Roma. Ci andavamo a sparare in una cava di sabbia dalle parti di Fiumicino. Giocavamo a fare i fascisti dell'ultima ora, quelli che guardano la morte dritto in faccia. Leggevamo Evola e Mishima, avevamo il culto del guerriero. Il Bushido, i samurai. La Via del Guerriero. Il mio onore è fedeltà. Uno di noi aveva una barca a vela, pensa che una volta restammo in mare una settimana e arrivammo fino alle coste del Libano, una cosa pazzesca, si sentivano le cannonate, restammo tutta la notte in coperta a guardare le vampe delle esplosioni. Io all'università conoscevo uno studente palestinese e al ritorno gli chiesi se ci si poteva arruolare con loro, per combattere gli israeliani che stavano sbriciolando Beirut con i carri armati. Ero un ragazzino, te l'ho detto. La guerra mi attirava quanto le donne. Quella notte, davanti a Beirut, le esplosioni ci facevano vibrare la barca sotto i piedi. Avevo voglia di tuffarmi e di raggiungere la costa a nuoto. Non lo so perché. Io allora dormivo tutto il giorno, studiavo poco o niente; certe sere prendevo la macchina e da Roma filavo verso il mare, per la campagna, a fari spenti. La vedi questa?» Augusto si passò l'indice sulla cicatrice che gli attraversava il mento. «Altro che purosangue arabo... Ne ho altre, sulle gambe. Ho le gambe piene di chiodi. Sono stato in ospedale sei mesi. Ho un ginocchio che non si piega bene. Vedi quanto ero stupido?»

Gli dissi che non mi sembrava poi così stupido, e che era tutta una questione di metodo. Molti dei ragazzi che conoscevo allora cercavano le stesse cose che cercava lui, solo che avevano scelto l'eroina. C'era stato un tempo in cui la prima vampata dell'eroina nel cervello sembrava l'unica vera vita, e l'overdose una bella morte sul campo dell'onore. Anche loro avevano il culto degli eroi, i loro samurai. La siringa la chiamavano spada. Nessuno aveva la minima intenzione di invecchiare.

Augusto stava svuotando il caricatore. Sfilato il primo proiettile, la molla spingeva su il successivo. «A proposito, te l'ho raccontato di quando andavamo a trovare l'uomo più vecchio del paese?», domandò.

«Ci andavo anch'io. Avrò avuto dieci anni. Mi mandava sempre a comprare i sigari».

«Era l'uomo più vecchio di tutta la vallata e non si è mai saputo quanti anni avesse».

«Perché non era di qui», dissi. «Nessuno sapeva con precisione quando fosse nato».

L'uomo più vecchio della vallata era stato medico condotto. Di quel tempo gli restavano i piccoli occhiali cerchiati d'argento con una stanghetta spezzata, buttati obliqui sul naso a coprire un occhio solo, quello buono, infossato e nero come un tizzone, mentre l'altro era sbiancato dalla cataratta e sembrava di porcellana. Tutto il resto della sua persona – il sudicio cappello a cupola con la tesa stretta, il camiciotto grigiastro, del colore di lenzuola sporche, che sul collo si affacciava da sotto la blusa, la barba di una settimana – si era a poco a poco adeguato all'umanità contadina del paese di allora.

Il vecchio era venuto da Roma e i paesani erano rimasti in sospetto per anni chiedendosi il perché. Lui aveva preso l'accento del posto. Aveva persino imparato il dialetto, perché certi suoi pazienti non capivano altro. Con noi, però, parlava sempre in italiano. «Non diventare mai vecchio come me», diceva. «E vai a prendermi un sigaro».

«Poi lo tagliava in due col coltello e te ne dava mezzo», disse Augusto.

«E ti lasciava tenere il resto».

«E come si chiamava?»

Scossi la testa. Il nome ce l'avevo in bocca, ma non risposi. Il fatto di ricordarmi con tanta nitidezza di particolari quello che un tempo era stato l'uomo più vecchio del paese, un estraneo morto da chissà quanto tempo con cui avevo scambiato qualche parola forse trentacinque anni prima – mentre non sarei stato in grado di ricostruire il viso di mia madre in uno solo dei suoi giorni di felicità – mi riempiva di rabbia.

Augusto, estratti i proiettili dal caricatore, li avvolse nel panno e li rimise nella scatola del tabacco, poi si occupò della pistola.

«E il palestinese?», chiesi. «Il tizio cui avevi chiesto di arruolarti?»

La saracinesca del garage cominciò a sollevarsi gemendo, mentre una striscia di luce candida e rovente prendeva ad avanzare verso i nostri piedi.

Augusto scoppiò a ridere.

«Mi mandò a cagare, il palestinese. E mi tolse il saluto».

Entrando in camera da letto mi trovavo davanti un massiccio comò di noce roso dai tarli, come testimoniavano i monticelli conici di segatura che si formavano sul pavimento in corrispondenza dei fori e che ogni anno, appena arrivati, io o Carla spazzavamo via. Subito dopo aver disfatto le valigie, ne riempivamo di vestiti i cassetti – tutti tranne uno, che traboccava di vecchie fotografie raccolte in grosse buste gialle strette da un elastico. Certi pomeriggi, mentre Carla e Giulia erano fuori, le aprivo tutte insieme e spargevo le foto sul letto. La maggior parte non mi dicevano niente, erano piccole 6,5x8 cm dai bordi dentellati che mostravano scorci ormai irriconoscibili di paesaggi dei dintorni. Quelle in cui comparivano figure umane le dividevo in tre categorie: vivi, morti, sconosciuti o scomparsi senza notizie. Era insomma, quella parata meridiana, una festa della morte che grazie a un'invenzione nata allo scopo di preservare volti e istanti usurpava per i propri fini le più consuete immagini della vita. Quella gente immobilizzata in un sorriso, orgogliosa in un vestito della domenica o intenta alle proprie occupazioni quotidiane; e gli altri, quelli dall'altra parte dell'obiettivo, tutti credevano di immortalare qualcosa e qualcuno e invece sfilando volti e istanti dalla presa del tempo li avevano consegnati seduta stante allo sbeffeggio della morte. La sapevano lunga i leggendari primitivi che, appena raggiunti nel cuore della loro giungla benevolmente inospitale dal solito antropologo ficcanaso, gli avevano sfasciato sulla testa macchine fotografiche e registratori; e non perché temessero il furto dell'anima. Semplicemente volevano restare dov'erano, tutti interi nel tempo.

Anch'io, mettendomi in posa per una foto, avevo sempre avvertito un sentore di inganno e truffa. Era una sorta di piccolo morso, troppo debole per farmi davvero male, abbastanza per mettermi a disagio di fronte all'obiettivo. E in quei pomeriggi, mentre osservavo, per esempio, mia nonna cucire in cortile, in un riquadro di sole, la bella testa dai capelli tagliati corti china sul lavoro (4 ottobre del 1938), rivivevo in solitudine – e con tutta la vana intensità di un antico risentimento – quella sensazione di frode.

In tutta la raccolta, l'unica immagine a colori ritraeva proprio mia madre che, nel tempo della sua piena gioventù, in vestito di cotone a riquadri azzurri e gialli e tacchi alti, gli occhi socchiusi contro il sole calante, il ginocchio destro leggermente flesso e il corpo appena inarcato in modo da far sporgere un po' il fianco sinistro, mi reggeva in braccio allacciando le mani sotto le mie ginocchia. L'abito, i tacchi, l'acconciatura e il trucco sul viso non si accordavano con il paese quale doveva essere allora, alla metà degli anni Sessanta, quando io avevo quattro o cinque anni. Dovevamo essere appena arrivati da Torino e, vista la luce propizia di quel tardo pomeriggio, mio padre aveva avuto l'idea di scattare qualche foto, e chissà dov'erano finite le altre. Dietro di noi, a sinistra, l'edera si arrampicava su un muro di mattoni. In basso invece, fino a sfiorare le eleganti scarpe cittadine di mia madre, si allungava sull'erba una sagoma scura e indecifrabile, dai contorni irregolari e squadrati, solo vagamente umani. Era l'ombra del fotografo: il classico, banale imprevisto così frequente nelle foto familiari dell'era predigitale.

A mano a mano che esaminavo le foto, le rimettevo nelle buste, e alla fine mi ritrovavo solo con quella: io in braccio a mia madre, nel '65 o giù di lì. La potenza della sua giovinezza mi toglieva il fiato. Partendo da quelle scarpe col tacco, di quelle che lasciano scoperto il tallone – e che lei, solo pochi anni dopo, avrebbe smesso di portare – sembrava montare attraverso il polpaccio e le gambe forti e risalire il suo corpo una fiammata d'energia che bruciava nel volto e che l'espressione di misurato sorriso, quasi da ritratto pittorico, non bastava a contenere.

Dov'era finita, nel corso degli anni, quella piena di energia?, mi domandavo. L'aveva spesa per noi, per me e mio padre, nel lavoro e nelle cure della famiglia? Gliel'aveva rubata l'attrito dei giorni, com'era accaduto a Stefania, la moglie di Augusto, e come avevo visto accadere a molte altre donne?

Per gli uomini, sosteneva Carla, era diverso. A loro accadeva tutto in una volta, in modo brusco e un po' ridicolo.

«Siete ometti di pastafrolla», diceva prendendomi in giro, «fino a un certo punto vi illudete di essere immortali, e il giorno dopo vi svegliate e pensate di avere un piede nella fossa».

«Già, ma perché?»

«E io che ne so», tagliava corto lei, che non amava la mia insistenza sull'argomento, «mica sono un uomo. Domandalo al tuo amico tatuato».

Ma io ad Augusto non chiesi mai niente. Si faceva vedere di rado ed era sempre più distratto e scostante. Quando capitava al bar della piscina aveva la faccia sconciata dalla stanchezza e si tratteneva giusto il tempo di assistere all'arrivo dei calciatori.

Allora non perdevamo di vista le ragazze ammutolite al loro tavolo – e ci pareva di percepire con tutti i sensi la primavera del loro sangue, l'accelerazione del respiro e del cuore. Immaginavamo i loro seni gonfi sotto i tessuti leggeri, i capezzoli che si inturgidivano. Era una scena che ci gettava nello sconforto e alla quale, tuttavia, non sapevamo rinunciare. Ricevevamo con gratitudine il dolore della loro bellezza.

Non avrebbe potuto, apparentemente, esserci un momento meno adatto per sollevare la questione della differenza tra noi che guardavamo e masticavamo amaro e, per dirla come Carla, ci sentivamo già con un piede nella fossa, e loro, le ragazze e gli atleti che ancora si godevano la superbia degli immortali.

Guidavo con attenzione esibita, dosavo i giri del motore, calcolavo le traiettorie migliori e suonavo il clacson nelle curve cieche. Guidare in salita mi piaceva. Scalai una marcia per imboccare l'ultimo tornante, poi accelerai. Ora che avevamo raggiunto la dorsale, la strada correva in piano su una cresta coperta di ginestre che le mie carte militari menzionavano come Algernon Ridge ma che per la gente della zona non aveva nome. Su un lato e sull'altro, profondi calanchi assottigliavano la montagna. In certi tratti, con la macchina investita da secche raffiche di vento, sembrava di guidare su un viadotto sospeso. La nostra meta era un poggio brullo all'estremo opposto della cresta, quota 970, il rilievo più alto dei dintorni.

«Non credere che non lo capisca», sbottò Augusto, che non aveva più fiatato da quando c'eravamo incontrati nella piazza del paese. Aveva parlato rivolto al finestrino, seminando le parole nel vento senza guardarmi in faccia, così dovetti chiedergli di ripetere.

«Abate», disse, «sto parlando di Abate».

Quella mattina, subito dopo colazione, gli avevo telefonato spiegandogli che mi serviva qualche foto panoramica della valle. Si era fatto un po' pregare, aveva tergiversato, infine aveva accettato purché ci andassimo di pomeriggio: «Almeno ci sarà la luce giusta», aveva aggiunto con la voce ancora spessa di sonno, «e portati il treppiede».

Alla luce non avevo pensato, meno che mai al treppiede. Le foto non mi servivano a niente. Mi bastava andarmene da casa per qualche ora.

«Eccome se lo capisco», riprese. «Non è difficile, del resto. Si era scavato una nicchia mentale, con i fiori e le candele, e Stefania lì dentro. E, poiché lui era solo, era inconcepibile che non dovesse restarlo anche lei. Quando ci presentammo in paese insieme, gli sembrò una mostruosità, il tradimento definitivo».

«Siamo arrivati», annunciai.

«Ah, il Monte della Femmina».

«Cosa?»

«Lo chiamano così, quel cocuzzolo».

Accostai, scendemmo e io feci il giro della macchina per andare a prendere il treppiede nel portabagagli. Augusto non si era mosso dal suo sedile.

«Sai, io non sono esattamente Reinhold Messner», disse picchiando con l'indice sul ginocchio sinistro.

«Non ti preoccupare, faremo il giro largo».

Il sentiero costeggiava la base del poggio, che aggirammo perdendo subito di vista la strada e la macchina. Il vento caldo saliva dal fondovalle e ci si strofinava addosso asciugandoci il sudore sulla schiena e sul collo. Gli unici suoni erano l'ansimare di Augusto e, sul versante opposto, una moto da cross che si arrampicava su una strada poderale. Augusto, dovevo ammetterlo, aveva ragione: a quell'ora il sole calante prendeva d'infilata la valle e i raggi obliqui esaltavano il più piccolo dettaglio, una striscia di bucato che sventolava cinquecento metri più in basso, il gallo di rame in cima al campanile di una chiesa, il blu e il bianco degli ombrelloni della piscina di Castagneto.

«Perché hai detto "quando ci presentammo in paese"?», domandai, fermandomi ad aspettarlo. «Non ci abitavate già tutti e due?»

«No, no», disse Augusto. Prima di proseguire riprese fiato. «Allora Stefania abitava ancora a Bologna, ed è lì che ci siamo incontrati».

«Ma se vi conoscevate fin da bambini».

«Sì, però io ero stato a Roma. Non ci vedevamo da vent'anni...»

Rimasi in silenzio, ad ascoltare. Ma Augusto si portò l'indice teso davanti alla bocca.

«Sst, ascolta», disse.

«Non sento niente».

«Una macchina, sta venendo su».

Aveva ragione. La sentii arrivare, la macchina, tra accelerate mordenti e gomme che stridevano. Era già abbastanza vicina da coprire il raschio intermittente della moto dall'altra parte della valle. Nei brevi rettilinei tra un tornante e l'altro il motore ululava salendo al massimo dei giri – poi si calmava, tossiva, solo per scatenarsi più rabbioso appena superata la curva. Una volta sul crinale, si placò. La macchina scivolò in folle e andò a inchiodare sulla ghiaia sul ciglio della strada. Una portiera si aprì e sbatté. Io e Augusto ci guardammo in faccia. I nostri occhi si incontrarono. Ci scambiammo un pensiero.

«Non può essere lui», dissi.

Dov'eravamo, non riuscivamo a vedere che la schiena del poggio coperta d'erba ingiallita. Sentimmo dei passi scricchiolare sulla ghiaia minuta, poi solo il motore che ronfava al minimo.

«E chi vuoi che sia?», insistette Augusto.

«Ma non ha senso. Non poteva saperlo».

Scosse la testa, sfiduciato. Imprecò tra i denti e si lamentò di me che non capivo. Poi, prima che potessi afferrarlo, si girò e fece per slanciarsi; ma piroettando in discesa sul ginocchio rigido perse l'equilibrio e finì lungo disteso, a faccia avanti nell'erba. Lo sentii bestemmiare e mi chinai su di lui. Non si era fatto niente.

«Corri!», mi gridò sulla faccia. «Corri!»

La portiera sbatté ancora. Il motore cacciò un ringhio sguaiato e i pneumatici rasparono via le pietre contro il fondo della macchina con un rumore di grandinata.

Scattai sul sentiero puntando alla svolta da cui avrei potuto scorgere il breve tratto di strada prima della discesa. Prendevo velocità mentre il rombo si abbassava di tono, si allontanava, scollinava attutito dai primi boschi. Correvo, e sapevo già che non ce l'avrei fatta: sentivo pesare la consapevolezza che Augusto aveva ragione e il mio rifiuto di concedergliela, quella ragione, per non consegnarmi alla sua paranoia. Perciò, fui sollevato nello scoprire deserta la strada di cresta. Ma poi, una volta accanto alla mia macchina, vidi il lavoro di coltello sui fianchi dei pneumatici: un intaglio a croce sull'anteriore destro e uno sul posteriore sinistro. Rialzai lo sguardo sulla strada nera e diritta. Augusto, alle mie spalle, domandava a gran voce.

«Mi hanno bucato le gomme», gridai, e mi affrettai ad aggiungere che quando ero arrivato in vista della strada la macchina era già scomparsa nella valle, e che dunque non avevo la più pallida idea di chi fosse l'autore dello scherzo.

Dopo giorni di rare, studiate parole sull'orlo del vuoto, chiedere a una zia di occuparsi di Giulia e invitare Carla a cena alla Taverna dell'Angelo – che pure era raggiungibile da Castagneto solo percorrendo una settantina di chilometri di contorte stradette collinari – mi era parsa una via d'uscita. Il cibo e il vino ci avrebbero messo finalmente di buon umore. L'enogastronomia è l'oppio dei popoli con la carta di credito. Eppure né io né lei riuscivamo a liberarci dalla rete di pensieri che ci aveva tenuti avviluppati in paese, come testimoniava il fatto che non potessimo fare a meno di controllare con la coda dell'occhio il tavolo vicino, dove un bambino di cinque anni si contorceva sulla sedia cercando di fregare il Gameboy mentre i genitori si saziavano di prelibatezze locali. Nei giorni seguenti la gita al fiume, Castagneto si era trasformato davanti ai miei occhi in un nido d'infanzia. Se prima il mio sguardo aveva registrato soltanto i coetanei di mia figlia, dopo la rivelazione di Carla a moltiplicarsi erano stati i lattanti: nelle carrozzine, nei marsupi, con le testone calve ciondolanti, i nuovi nati assediavano ogni angolo del paese. E se prima di allora non ci avevo mai fatto caso, lo stesso non poteva dirsi per mia moglie.

«Lo sai come mi sento?», disse mentre mi affrettavo a riempirle il bicchiere. «La parola giusta è "sprecata"».

La fissai con uno sguardo interrogativo. Un po' di Sangiovese traboccò formando una macchia sanguigna sulla tovaglia candida alla base del calice.

«Voglio dire», aggiunse, «che non siamo affatto vecchi come dite tu e il tuo amico camionista».

Posai il bicchiere e allargai le braccia. «Be', è così che mi sento io. E poi che vuol dire "sprecata"?»

«Che stiamo buttando via una parte di me, anzi di noi».

«Non la stiamo buttando via», dissi, «se ne sta andando».

«Se ne sta andando per colpa tua», incalzò Carla.

Tagliai un pezzo di tortellaccio, lo infilzai con la forchetta e lo addentai. Mi era passata la fame, ma almeno masticare mi avrebbe concesso un po' di tempo. Capivo perfettamente quello che Carla intendeva e – forse per paura, perché sapeva che a nominare le cose gli si regala un fondamento nel mondo – non diceva. Potevo vedere, e non era difficile, quello che vedeva lei: un bambino che avrebbe potuto esserci e non ci sarebbe stato. Probabilmente riusciva persino a immaginarselo: i capelli, le mani, le unghie, il taglio della bocca. Ecco cosa secondo lei sarebbe andato sprecato.

«Tu credi che io sia una specie di assassino. Un assassino passivo, diciamo. Attraverso di te la vita mi sta chiedendo di crescere e io rispondo, neghittoso, di no. Per egoismo, per amore delle comodità, vedila un po' come vuoi».

A sorpresa, Carla allungò il braccio e lì, sulla tovaglia di lino rischiarata da un tremolio di candela, mi prese la mano.

«Ammesso che si possa fare una distinzione», disse con dolcezza, «la vita è l'ultimo dei tuoi pensieri. Credi che non me ne accorga?»

Mi strinse forte la mano, come se il pavimento si fosse inclinato e io stessi precipitando. Tanti anni prima, mentre una sera ventosa di dicembre uscivamo dal cinema ben decisi a sfidare il freddo per una passeggiata in centro – ed era una delle prime sere che passavamo insieme – prenderla per mano, assaporarne la calda cedevolezza, la disponibilità istintiva ad adattarsi alla mia, era stato un primo e profondo assaggio di carnalità, una vera e propria promessa. In seguito però, parlandone, ero venuto a sapere che quella scoperta riguardava solo me. Carla ricordava la serata, ricordava persino il titolo e la trama del film, ma quel preciso istante, quando varcavamo la soglia affacciandoci nel turbinio gelato e ci prendevamo per mano no, di quello non le era rimasto nulla. Eppure, ora, la sua mano stringeva la mia quasi in quell'identico modo, e non volevo chiedermi cosa significasse, se quell'abbandono celasse un'intenzione cosciente oppure no.

«Tu guardi le cose e pensi che moriranno», riprese, «non togli mai gli occhi dalla morte. Non so perché lo fai, forse in quel modo hai l'illusione di tenerla sotto controllo, ma è certo che non puoi andare avanti così. Nessuno può».

Versai a tutti e due un bicchiere di vino. «Non buttarla sulla metafisica. La questione è che tu vuoi un figlio, punto e basta».

Mi lasciò la mano. «Ora non stavo parlando di questo».

«Ma figuriamoci, si faceva solo un po' di conversazione». Tracannai l'intero bicchiere e, nel giro di pochi secondi, mentre il fremito dell'alcol montava, ebbi la sensazione di allontanarmi vertiginosamente da quella sala e di osservare la scena attraverso un binocolo rovesciato.

Il cameriere, un giovane magro e scuro di pelle, posava ora sul tavolo un tagliere di legno con la grigliata mista che avevamo ordinato e che adesso mi pareva inverosimile, pantagruelica, ridicola.

«Ehi», cercai di buttarla sullo scherzo, «siamo sicuri che tutta questa roba sia per noi?»

«Certo, signore», rispose sorridendo il giovane. «È per due persone».

Riempii di nuovo i bicchieri. «Ci vorrà un'altra bottiglia di vino».

Carla mi fissò, beffarda, da sopra il calice. Alla luce della candela nei suoi occhi brillava un chiaretto grigioazzurro. Finì il suo vino in una lunga sorsata. Poi, con calma determinazione, se ne versò dell'altro.

A Castagneto, appena scesi dall'auto e abbandonati i ventidue gradi d'aria condizionata dell'abitacolo, ci sorprese uno scirocco cocente che spazzava le vie deserte, ammorbidiva l'asfalto, faceva sbattere scuri e porte in tutto il paese. Sulla strada un barattolo ci rotolava incontro sferragliando. Sopra le nostre teste, le stelle e una falce di luna apparivano e sparivano nel tumulto delle nubi. Poteva succedere, di tanto in tanto. Ricordavo un capodanno in cui lo scirocco si era svegliato all'improvviso dopo una settimana di nevicate e, nel volgere di un paio d'ore, aveva trasformato la vallata in un paesaggio stillante appena riemerso dal diluvio.

Esterrefatti, immobili al centro della strada, sudavamo per il caldo e il vino. Poi Carla mi si strinse addosso gettandomi un braccio al collo e io trasalii sentendole l'umido nella piega del gomito. Le carezzai i fianchi, la vita, le spalle nude. La baciai sul collo gustando il sudore fresco e salato. La presi per mano, la ricondussi verso la macchina e ripartimmo lungo la statale. Dopo un chilometro imboccai un viottolo sterrato che tra i campi scendeva verso il fiume. Lasciammo l'auto e, attraversata una macchia di querce che si torceva e ululava nel vento africano, ci ritrovammo sulla riva. Conoscevo bene il posto. Era una grande pozza nascosta in un'ansa a gomito, invisibile dalla strada che correva a strapiombo duecento metri più in alto. Qui non c'erano ciottoli, ma larghe rocce levigate in profonde ondulazioni simili a cavalloni marini pietrificati, e la corrente scorreva tranquilla, si increspava a ogni folata e scintillava a tratti sotto la luna. Mi tolsi la camicia, poi le scarpe e i pantaloni. Quando rialzai lo sguardo Carla era nuda di fronte a me. Mi venne incontro, si inginocchiò e con naturalezza mi sfilò le mutande. Mi si mozzò il respiro. Chiusi gli occhi e mi irrigidii con tutto il corpo cercando di controllarmi. Carla si era alzata in piedi, e ora la sua lingua fresca mi leccava le labbra. Le afferrai la nuca e la tirai verso di me. Avevo la bocca arsa, bevevo la sua saliva. Persi l'equilibrio e piombammo nel cavo di una delle grandi onde di pietra, dove Carla mi accolse. A ogni spinta sentivo il suo ventre modellarsi per me. Scendevo sempre più a fondo nell'oscurità, sentivo la nostra carne attraversata da lunghi fremiti, profondi e inarrestabili, finché quel buio non fu cancellato da un fiotto candido e rovente che mi brillò a lungo dietro le palpebre serrate, lasciandomi abbagliato e senza fiato. Anche quando riaprii gli occhi, minuscoli punti luminosi mi si accendevano tutto intorno. Eravamo in un bagno di sudore e Carla mi stringeva ancora a sé. Non sapevo cosa dirle o, piuttosto, in quel momento l'atto del parlare mi pareva del tutto innaturale. Mi divincolai e, con la testa che mi girava, camminando con tutta la circospezione di chi calpesti il suolo di un pianeta dalla gravità sconosciuta e mutevole, mi incamminai verso le rocce piatte della riva, dove mi sedetti lasciando che le gambe penzolassero in acqua. Era gelata. Ma lo stesso, con una piccola spinta, mi ci lasciai cadere. Quando riemersi, mi trovai davanti Carla in mutandine e reggiseno.

«Aiutami, che risalgo», dissi.

Ansimando, mi issai sulla lastra di pietra e mi sdraiai sulla schiena. Sull'altro versante della valle i cavi dell'alta tensione tintinnavano al vento. La furia dello scirocco aveva sgombrato il cielo, e dal buio in cui eravamo immersi in fondo alla gola riuscivo ora a distinguere la pallida nube della Via Lattea che lo attraversava da oriente a occidente, da orizzonte a orizzonte, parallela al corso del fiume. Era la spina dorsale della notte.

Quella mattina, caduto il vento, il paese si era risvegliato sotto un velo di sabbia fosca, rossastra, che ricopriva le strade, le automobili e le foglie degli alberi e si ammassava negli anfratti e alla base dei muri. Me la sentivo bruciare addosso, nelle pieghe della pelle. Mi ero svegliato di buon'ora e, mentre Carla dormiva, ero uscito di casa deciso a seguire il suo consiglio di cercare Nevio e farmi consegnare l'anello. Ma Nevio non si trovava. Passando accanto alla villetta dei suoi genitori avevo visto la finestra della sua camera spalancata, con le lenzuola e il cuscino esposti sul davanzale, al sole che già scottava. Allora avevo suonato il campanello. «È uscito presto, faceva colazione al bar», mi aveva riferito suo padre.

Al bar non entrai neppure. Scorsi Maria oltre il bancone e suo marito Emil che, accoccolato su uno sgabello, addentava una brioche leggendo un quotidiano. Era giorno di mercato. In piazza non si parlava che dello scirocco e della sabbia, che tutti dicevano venire dal deserto del Sahara. Cercai Nevio dappertutto. Alla fine, presi la macchina e decisi di andare a controllare a uno a uno i posti in cui le ragazze cui telefonava gli davano i loro falsi appuntamenti. Lo trovai sulla piazzola rotonda che sovrastava la cisterna del vecchio acquedotto, sulla strada che portava ai ruderi del castello. Appoggiato di spalle alla ringhiera arrugginita, Nevio tirava grandi boccate da una lunga sigaretta sottile col filtro dorato.

«Ehi, non sapevo che fumassi», dissi, tanto per attaccare discorso.

Alzò le spalle e tirò fuori un pacchetto da dieci. «Me le ha regalate Sandra ieri sera».

«Sandra?»

«Sì, la mora dai capelli corti».

«Vi siete visti qui?»

Scosse la testa. Gettò la sigaretta e mi spiegò con voce impastata che sì, aveva avuto un appuntamento alla vecchia cisterna, ma non gliel'aveva dato Sandra. Lei, quando le altre avevano raggiunto i loro calciatori, era andata a sedersi al suo tavolo e l'aveva pregato di non andarci, all'appuntamento. Lui le aveva offerto un Mojito.

«Stanotte non ho chiuso occhio», aggiunse, «è la prima volta che una ragazza si ferma a parlare con me. E le ho preso la mano, sai?»

«E poi?»

«Mi ha detto che le ricordavo suo fratello».

«Che tipo è?», chiesi. «È simpatica?» Ma non mi rispose. Non mi sorpresi, perché la domanda era davvero stupida: la sua mano aveva stretto per la prima volta quella di una ragazza e la dolcezza di quel contatto risuonava ancora, dopo tutta una notte, in ogni cellula del suo corpo – e che importanza poteva mai avere se lei era simpatica o no? Mi diede le spalle e si strinse nelle proprie braccia. Su quello spiazzo incatramato il calore aumentava di minuto in minuto, ma mi parve di vederlo rabbrividire. Rimase in silenzio, a osservare il paese disteso in fondo alla valle.

Allora mi resi conto di essere di troppo – che se Nevio era uscito tanto presto di casa, se aveva mentito al padre ed era venuto a piedi fin lassù, era perché voleva essere certo di poter restare solo a riassaporare la sua serata. Io, molti anni prima, in occasioni simili non mi ero comportato diversamente. Infilai una mano in tasca e strinsi le chiavi della macchina.

«Hai visto?», dissi. «Non c'è nessun bisogno di regali costosi. Se ha passato la serata con te, è perché ne aveva voglia».

«Già. Io però l'anello gliel'ho offerto lo stesso».

«E scommetto che non l'ha voluto».

«L'ho posato sul tavolo proprio di fronte a lei, ma non l'ha preso».

«Sai cosa dovresti fare? Riportarlo indietro e farti ridare i soldi».

«Non posso andare al negozio», disse senza voltarsi, «ho paura di incontrare Pietrino. Avresti dovuto vederlo, ieri sera, dopo che ho accompagnato Sandra».

«L'hai accompagnata a casa?»

«Magari. L'ho accompagnata alla macchina. Avresti dovuto vederlo, era ubriaco, si è messo a gridare, mi ha insultato».

«Lascialo perdere», dissi, «è tutta invidia».

Nevio si voltò e mi sorrise, trionfante. Era pallido, bianco come il gesso, e aveva gli occhi lucidi di sonno. Invece di una delle solite camicie che sua madre stirava alla perfezione aveva addosso una T-shirt tutta stropicciata con cui, probabilmente, aveva passato la notte.

«Ce l'hai qui, l'anello?», gli chiesi.

Frugò nella tasca dei bermuda, ne trasse la scatola foderata di raso e me la posò in mano.

«Sai che faccio? La riporto io da Abate e mi faccio restituire i soldi. La prima volta che ci vediamo te li do».

Nevio annuì più volte, poi si rimise la mano in tasca.

«Guarda un po' qui», disse porgendomi il cellulare.

Non capivo, mi strinsi nelle spalle.

«La foto di Angelina, l'ho cancellata».

Gli offrii un passaggio, ma quando lo rifiutò non insistetti. Rientrai in paese con l'intenzione di andare a riprendere Giulia a casa di mia zia, ma giunto all'altezza della piazza un subbuglio d'uomini e donne che dall'area del mercato debordava sulla carreggiata mi costrinse a fermarmi. Accostai e scesi, poi mi inoltrai tra la folla. C'era tutto il paese, un garbuglio di voci. Posavano a terra le borse della spesa e cercavano di guadagnare terreno, di infiltrarsi mettendosi di profilo, col risultato che l'assembramento s'addensava, diventava rapidamente impenetrabile. Domandai in giro e mi dissero: «Una rissa. Bisognava aspettarselo, è ubriaco dal mattino alla sera. Non c'è più con la testa».

«Ma che impazzito e impazzito. E poi, ubriaco a quest'ora?», chiese un'altra voce. «Ubriaco da ieri sera, vai a chiedere al bar», s'intromise un terzo che aveva un astio pressante nella voce.

Il macellaio, il cui negozio si affacciava proprio sul centro dell'assembramento, stava ritto sulla soglia nel suo grembiule chiazzato, con le braccia conserte. Costeggiai la piccola folla e andai a raggiungere il sagrato della chiesa, rialzato di tre gradini. Di lì, sgomitando e tendendomi sulla punta dei piedi, riuscii a vedere oltre le teste, tra i banchi del mercato.

Pietrino, coi pugni stretti all'altezza del petto, stava di

fronte ad Augusto e, leggermente inclinato in avanti, pareva già pronto a scattare. Il suo avversario, di profilo, alzava il braccio sinistro ben teso di fronte a sé con il palmo aperto, per tenerlo a distanza. Il destro era ripiegato, con la mano all'altezza dello sterno. Se Pietrino avesse cercato di avanzare, sarebbe stato colpito per primo. Istintivamente, alzai gli occhi oltre la scena, verso la vicina caserma dei carabinieri. Porte e finestre erano sprangate: la stazione era stata soppressa due anni prima. Lì accanto, la gioielleria Abate, chiusa anche quella.

«Ecco», stava dicendo Pietrino rivolto alla folla, «ecco che arriva un forestiero, un romano di merda, e vi ruba la moglie, e voi che fate? Vorrei proprio vedervi, vorrei».

«Non ti ho rubato niente», rispose Augusto senza abbassare la guardia.

«Sentitelo. Pure bugiardo».

Accennò ad avanzare, a testa bassa, la fronte che grondava; ma Augusto, con una sequenza di passi brevi e veloci, lo sbilanciò. Senza quasi rendersene conto Pietrino non ce l'aveva più davanti, ma di lato. Si girò di scatto, e a tutti parve sul punto di perdere l'equilibrio.

«Arriva uno schifoso bugiardo», gridò, «un ladro, e vi ruba la moglie e la casa, e voi che fate?»

Forse era davvero ubriaco, oppure gridava per farsi coraggio. La gente lo osservava sbalordita. Nessuno l'aveva mai sentito pronunciare tante parole tutte assieme.

«Sempre vestito per andare a caccia, come un coglione».

Questa volta fece una finta. Attese che l'altro si spostasse e caricò alla cieca lanciando il braccio destro al massimo dell'estensione. Il colpo raggiunse il suo avversario di striscio all'orecchio. Augusto si piegò sulle gambe e assunse una posizione più bassa e raccolta, le braccia più vicine al corpo.

«Fa male eh, cacciatore?», gridò Pietrino.

Augusto avanzò flettendo le gambe, come uno schermidore. La mano destra partì verso l'alto e Pietrino sollevò la guardia a proteggersi la testa – ma fu la sinistra a colpirlo, sul petto, mentre un calcio alla caviglia lo sbilanciava. Cadde all'indietro, sulla schiena. Si rigirò sulla pancia e, annaspando carponi, si precipitò verso un banco di ferramenta.

Sentii dei passi alle mie spalle e mi voltai. Era il vecchio arciprete che si affacciava sulla porta della chiesa con le mani tra i capelli bianchi tutti scarmigliati.

«Ma che fate, imbecilli. Disgraziati. Separateli. Chiamate i carabinieri», gridò.

Gli spettatori più giovani cercarono di farsi largo verso il centro della scena, ma ciascuno per sé, senza convinzione. Quanto ai carabinieri, la stazione più vicina era a venti chilometri e il maresciallo si faceva vedere in paese una volta la settimana.

La folla lanciò un boato di stupore.

Pietrino adesso stringeva in mano un grosso cacciavite e se lo agitava intorno. Il ferro sibilava.

«Il primo che si mette in mezzo gli faccio un buco in pancia. Giuro che lo ammazzo. Vi ammazzo tutti».

Urlava sempre più forte, ma la voce a ogni frase strideva e finiva per rompersi un po' di più.

Augusto aveva abbassato la guardia e teneva le braccia lungo i fianchi.

«Il brutto sai qual è? Che ammazzarmi non ti servirà a niente».

Pietrino ebbe un soprassalto e menò un paio di fendenti ciechi e senza scopo, larghi come colpi di falce. Si sbilanciò di nuovo, e per poco non finì a terra.

Il cacciavite era stato un errore. L'arma lo indeboliva. Gli metteva tutti contro, e perfino Augusto passava in secondo piano. Era lui, Pietrino, contro il paese, i forestieri, il mondo, i giorni sprecati al bar, le notti a vagare come un lupo spiando una lampada accesa e una figura dietro le tende. Un cacciavite non serviva a niente. Sciolse la presa e lo lasciò cadere. Tutti lo udimmo tintinnare sulle pietre del selciato. Pietrino si prese la faccia tra le mani.

«Non finisce qui», disse ancora, «non finisce qui».

Ma già lo circondavano in una mezza dozzina e lo trascinavano aprendogli un varco verso il bar, dove lo fecero sedere a forza e gli portarono l'acqua minerale, la sigaretta accesa, il caffè amaro degli ubriachi; e già la folla dopo un breve momento d'esitazione in cui ancora aveva sperato in un ritorno di rabbia perdeva interesse e si sfaldava in gruppetti, qualcuno riprendeva tranquillo a far la spesa là dov'era stato interrotto, i venditori ricominciavano a strillare le offerte e le donne a farsi avanti per valutare un lenzuolo, una tovaglia, una sottoveste palpandone, con gesti fuori dal tempo, il tessuto tra i polpastrelli. Augusto poi era già lontano, dove la piazza si stringeva a imbuto e si riduceva a un vicolo in salita. Se ne andava senza guardarsi indietro, con un passo sforzato e pericolante.

Rientrando a casa ebbi la sorpresa di trovarci Stefania. Fatte le scale di gran corsa, senza neppure fermarmi a calmare il respiro spalancai la porta e me la trovai davanti, accasciata nella vecchia poltrona di fronte alla finestra, il viso in piena luce pallido dietro le grasse, sanguigne pennellate del rossetto. Reggeva in braccio il figlio piccolo, e appena mi vide comparire così trafelato e sconvolto si affrettò a passarlo a Carla, che le stava accanto, come per prepararsi alla peggiore delle notizie. Ma io ansimavo, non riuscivo a dar fiato alle parole, e così fu lei a dire: «Scusatemi, ero in piazza e non sapevo dove andare. Dovevo scappar via. Non volevo che i bambini vedessero, capite? Sono venuta da voi».

«Nessuno», mi riuscì finalmente di articolare. «Nessuno si è fatto male. Ho visto Augusto tornarsene tranquillo a casa».

«Allora devo andare».

Stefania scattò in piedi e afferrò la borsetta dalla tavola, ma Carla la prevenne: «Ti prego, resta, prima di uscire calmati un po'. Adesso gli telefoni, poi a casa ti accompagna Vittorio».

Annuì più volte e prese il cellulare dalla borsetta. Dalla camera accanto vennero le grida di Filippo e Giulia che giocavano sfrenati. Stavano saltando sul letto matrimoniale. Augusto non era in casa e non rispondeva al cellulare. Stefania lo trovò all'allevamento.

«Vieni», dissi a Carla, «lasciamoli parlare in pace», e uscimmo dalla stanza. Io mi sedetti sul letto di Giulia e afferrai un libro a caso, una storia per bambini, e mi misi a sfogliarla. Voltavo le pagine senza neppure rivolgergli uno sguardo. Carla stringeva al petto il lattante, accarezzandolo, solleticandogli i piedi minuscoli, respirandone golosa l'odore di latte e borotalco sul collo e tra i radi capelli.

Quando rientrammo in cucina, Stefania si era accesa una sigaretta e fumava sporgendosi dal davanzale.

«Augusto sta bene», disse. «Questo però non cambia niente».

«Accidenti se lo cambia!», esclamai. «Pietrino aveva un cacciavite e avrebbe...»

Carla mi scottò con un'occhiata: lasciai cadere la frase.

«Non cambia niente, è tutta colpa mia», riprese Stefania. «Stamattina non si sarebbero scontrati se non fossi uscita a parlare con Pietro. È stata una pazzia, lo so, era la prima regola che avevamo stabilito, io e mio marito: mai rivolgergli la parola, mai averci a che fare. Ma non resistevo più a pensarlo là fuori, solo, ubriaco, una notte dopo l'altra, e una volta per tutte ci dovevamo pur chiarire. Così ho aspettato che Augusto si addormentasse e sono scesa in strada».

Parlava precipitosa, senza guardarci in faccia, e la voce dopo la notte insonne le usciva bassa e raschiante. «E lo sapete cosa mi ha detto Pietro? Mi ha detto che un giorno di questi si ammazzerà, e io ce l'avrò sulla coscienza».

«Balle», dissi, «quelli come Pietro non si ammazzano. Magari ci pensano, questo sì, ma solo perché gli piace immaginare tutto il paese che parla di loro, lo stupore, la commiserazione. Non si decidono mai».

«E comunque non è tutto, quello che vi ho raccontato», ricominciò Stefania con la voce che crollava. «Magari fosse tutto lì».

Si girò verso di noi: le erano cresciute agli angoli degli occhi due grosse lacrime, che in quel movimento si ruppero rigandole le guance.

«Augusto non dormiva, capite? Oppure si è svegliato, non so, ma né io né Pietro l'abbiamo sentito arrivare e a un tratto ce l'avevamo addosso, in pigiama, scalzo e con una faccia che non vi dico, e senza dire una parola mi ha presa per un braccio e mi ha trascinata via di forza, lì in strada. Ma la cosa peggiore era che anche Pietro mi si era aggrappato, gridava che si sarebbe ammazzato e tirava, non voleva lasciarmi rientrare in casa. I cani dei vicini cominciavano ad abbaiare e si aprivano gli scuri...» Stefania si interruppe, tirò su col naso e si asciugò le lacrime col dorso della mano. Poi, all'improvviso, scoppiò in una risata acuta e vuota, tutta di nervi.

«Ma vi rendete conto? Uno tirava da una parte e uno dall'altra. E io in mezzo, in vestaglia, e avevo pure perso una pantofola».

Io e Carla eravamo senza parole. La prima cosa che mi passò per la mente fu che a quell'ora la storia, insieme al racconto dello scontro in piazza, aveva già fatto il giro del paese, e che Pietrino almeno un risultato l'aveva ottenuto, per un momento aveva trascinato Augusto e Stefania sul suo terreno, quello del livore e dell'ossessione, della pazzia e delle urla sotto la luna.

«Non succederà niente, vedrai. Uno così non si ammazza di certo. E poco fa, in piazza, Augusto sembrava calmo. Ho assistito a quasi tutta la scena. Ha reagito il minimo indispensabile, e solo per difendersi, e non ha minacciato nessuno. L'importante è che tu stia alla larga da Pietro».

«Sembra facile, eh?», ribatté. «Una cosa da niente. Date tutti per scontato che io non ci pensi mai, a lui, e invece non è così. La verità sapete qual è? Che sono più di vent'anni che ci penso. Dopotutto se si è ridotto così è colpa mia».

«Ma è assurdo», disse Carla.

«E, tra l'altro», aggiunsi io, «non ci credo. Non è vero che ci pensi da vent'anni. Hai sposato Augusto. Hai due figli. Pensi a Pietro, adesso, solo perché la notte viene a smaniare sotto le vostre finestre».

Stefania tacque e scosse la testa, irritata. Tutto ciò che potevamo darle era la nostra incomprensione. Mi girai verso Carla e la fissai per sforzarla a dire qualcosa – ma non c'era nient'altro da aggiungere.

Ci prese la nausea delle nostre stesse parole e restammo in silenzio mentre Stefania, ravviatasi i capelli dietro un cerchietto e inforcati gli occhiali da sole, apriva la porta della nostra camera da letto per chiamare Filippo. Carla le tese il figlio piccolo. Io stringevo forte in pugno le chiavi della macchina. Serravo le labbra perché non mi nascesse un sorriso. Il pensiero che nel giro di pochi minuti sarei stato di ritorno senza Stefania e che quella, per noi, sarebbe stata una giornata come le altre mi sollevò su un'onda di gioia vile. Poco dopo, però, mentre guidavo verso la villetta di Augusto mi balenò in mente quella pantofola abbandonata sull'asfalto, in mezzo alla strada, come dopo un incidente stradale. Doveva essere una di quelle gialle, di spugna, che Stefania portava l'ultima volta che ero stato a casa sua. E quell'immagine, era inutile farsi illusioni, sarebbe tornata ancora, e ancora.

Dopo quel soffio di scirocco notturno sulle sue braci smorte, l'estate ci assalì con la tardiva esuberanza del suo calor bianco, cacciandoci nel chiuso delle stanze interne o, al contrario, forzandoci a sfidare la luce e il fuoco della perpetua controra per cercare pace nelle acque del fiume, o più spesso della piscina, che io Carla e Giulia potevamo raggiungere senza quasi esporci.

Uscendo dal portone di casa e svoltando a destra, attraversando la distesa dei tavolini, si arrivava all'ingresso della piscina costruita dieci anni prima sul terreno di un grande orto. Prima ancora dell'orto, c'era stato il niente.

Mi era capitato spesso di ritrovare, sui libri, una foto del '44 che mostrava tre semoventi di artiglieria inglesi affondati nel fango nel punto esatto in cui noi in quei giorni, rintanati sotto gli ombrelloni, sorseggiavamo le nostre minerali: sullo sfondo c'erano la casa di pietra dei miei nonni col tetto sfondato dalle cannonate, il campanile e le colline perse tra le nuvole basse dell'inverno di guerra.

Il vecchio orto apparteneva al fruttivendolo del paese, e la sua scomparsa mi lasciava indifferente. La piscina invece mi piaceva. Da casa si sentivano i tonfi dei tuffi a bomba dal trampolino, le grida e le risate, a tratti arrivava l'odore composito di cloro e creme abbronzanti. Mi piaceva passeggiare sui bordi del rettangolo inverosimilmente azzurro sotto l'altro azzurro del cielo incattivito e bruciante.

A metà pomeriggio, di ritorno dagli allenamenti, facevano il loro ingresso i calciatori del Castelsaro. Crollavano sbuffando sulle sedie a sdraio, tacevano a lungo, immobili dietro gli occhiali da sole, e sembrava che la calura avesse intaccato persino la loro giovinezza e la loro perfezione. Le ragazze li circondavano, gli porgevano le bibite con mosse caute da infermiere, parlavano a bassa voce e non facevano il bagno.

Solo Sandra, la Sportiva, cedeva alla tentazione dei tuffi. Lasciato il gruppo degli atleti, superate le madri intente a frizionare i pargoli imprigionati negli asciugamani e senza neanche saggiare l'acqua, andava dritta all'estremità del trampolino, si scostava un'ultima volta i capelli dagli occhi, tendeva le braccia sopra la testa gettando i seni in alto sotto il costume intero da nuotatrice, si innalzava sulle punte dei piedi, lanciava la sua sfida sorridente alle mie vertigini. Io però, trasognato, dimenticavo di abbassare lo sguardo. Al posto della ragazza adesso c'era il trampolino che per qualche secondo vibrava libero, finché l'oscillazione cessava e tutto tornava immobile, il cielo sempre senza una nuvola, il sole sempre inchiodato lassù, serenamente terribile.

Non ero solo in quella contemplazione. All'angolo opposto, allungato sulla sdraio, coperto di sudore, Pietrino Abate a ogni tuffo si drizzava sui gomiti, sollevava sulla fronte le lenti scure e strizzava gli occhi contro i riflessi cangianti della vasca. E c'era Nevio, naturalmente, seduto coi piedi a mollo, che di tanto in tanto mi cercava con lo sguardo ma, intimidito dalla presenza di Carla, non osava rivolgermi la parola. Da qualche giorno, mi avevano riferito, se ne andava in giro per il paese a raccontare a tutti che Sandra era stata la sua ragazza.

Augusto invece non lo vidi mai, e tutto sommato non mi dispiaceva. Sapevo che avrei dovuto inseguirlo, andare a parlargli, cercare di calmarlo e rassicurarlo mentre, solo, si allontanava dalla scena dello scontro con Pietrino. Sapevo che avrei dovuto andare a trovare lui e Stefania. Non l'avevo fatto, e se dopo di allora non avevo più cercato di rivederli era perché di quella mia omissione mi vergognavo.

Carla lasciava la piscina sempre un'ora prima di me, aveva il suo quadro a cui lavorare. Quando rientravo a casa la trovavo con il pennello in mano, intenta e pensosa. Lasciavo Giulia ai suoi cartoni animati e restavo a osservarla, pieno di invidia perché io, come ogni anno, da che eravamo a Castagneto non avevo scritto una riga. Ritoccava qua e là, e ormai non guardava più fuori dalla finestra. Un giorno mi disse: «È finito». Guardai la tela, e il paesaggio era cambiato. La collina, il bosco, la strada e la rovina che sovrastava il paese erano immersi in un chiarore di fuoco morente, come se si fosse appena placato un incendio e solo da quel momento, mentre si spegnevano a una a una le scintille sparse ovunque, la natura potesse riprendere il suo corso normale verso la pioggia, le nebbie d'autunno, la neve. Il profilo della collina era bordato di sanguigno. Il sole era appena tramontato, qua e là un taglio obliquo di luce accendeva ancora le foglie di un verde intenso. Era bellissimo, ma guardandolo provavo un disagio profondo. Questo non è un quadro, pensai, è una lezione per me, il suo modo di suggerirmi come stare al mondo.

Era, inoltre, la prima tela che Carla terminava dopo anni di insoddisfatto abbozzare. Levai lo sguardo dalla veduta e mi accorsi del suo sorriso, un istante raro e fuori dal tempo – avrei voluto trovare il modo di conservarli, quei sorrisi di Carla – un lampo che nasceva lontano e attraversava le sue stagioni per riflettersi lì, sullo specchio del suo volto presente.

Le emozioni allo stato puro, i colori primari della vita, esistono solo nell'infanzia, quando tutto è eterno e infinito e nessuna gioia è guastata dal pensiero della sua fine più o meno imminente. Carla si ritrovava di tanto in tanto in questa condizione, ma non durava.

Come talvolta, in un paesaggio di montagna, lo splendore di uno scorcio è spento da uno sgarbo del sole che si offusca dietro una nuvola, e subito rabbrividiamo, perché il vento raffredda, sbiadiscono i colori, e quello che ci era sembrato un bel cammino si trasforma d'un tratto in una via crucis tra grigie rocce e nevai incombenti; così, asciugatosi quel sorriso, mutò il volto di Carla che, staccata la tela dal cavalletto, la poggiò a faccia in giù sul tavolo e, dopo essersi allontanata da me e avermi voltato le spalle, disse:

«Per favore, Vittorio, torniamocene a casa».

«Ancora un giorno», risposi, «ancora domani».

Terza parte

La musica si levò all'imbrunire, con i lampioni già accesi che ancora non mandavano luce e le ultime rondini tanto lontane da sembrare inchiodate in cielo. La luna era bassa dietro la collina del castello, i boschi pulsavano come se respirassero in sonno e iniziavano a restituire all'aria immobile il calore del pomeriggio. Quell'ora mi era sempre parsa inabitabile. Si rimaneva sospesi, in attesa. Ecco com'era sentirsi vivi, pensavo, una follia di speranze. Anche Carla temeva quell'ora: eccola che cercava di tenersi occupata facendo provare a Giulia un vestitino dopo l'altro, spazzolandole i capelli, cambiando e ricambiandole pettinatura mentre io frugavo nell'armadio alla ricerca di una camicia hawaiana arancione a fiori gialli che avevo comprato almeno cinque anni prima al Club Méditerranée e che, naturalmente, non avevo mai messo. Quando l'ebbi trovata e indossata, madre e figlia scoppiarono a ridere. Mi ridevano in faccia segnandomi a dito? Per me andava benissimo.

«E allora?», sbottai fingendomi offeso. «Dopotutto è una festa in piscina. A proposito», chiesi, «che fai, ci vieni o no?»

Era una domanda retorica. Carla quella festa la detestava, e non potevo darle torto. In paese non conosceva quasi nessuno, io finivo immancabilmente col farmi trascinare via da qualche vecchia conoscenza e lei si ritrovava sola al suo tavolo con Giulia insofferente e capricciosa.

«Ci vediamo domattina», disse, e mi diede un bacio lento, insistito, che mi riempì di stupore.

«Torno presto, comunque, magari ci vediamo».

Non mi sentì: era già uscita, ero rimasto solo, e la musica rimbombava in tutta la casa.

Avevo notato, nel pomeriggio, che su un lato della piscina veniva montato un palco con batteria e tastiere e, accanto, pile di grossi amplificatori: adesso facevano vibrare il pavimento delle nostre stanze e inondavano di echi le vie del paese, che a poco a poco si andavano ripopolando. I primi gruppi già imboccavano il vialetto, e io li osservavo dalla finestra della cucina. Restai lì per un'ora buona, sperando invano di veder passare Augusto e Stefania.

Le facce, le riconoscevo tutte. Non c'erano discrepanze tra quello che erano e quello che erano state, come nelle loro vite non esistevano fratture – nessuna delle abiure che sembravano caratterizzare la vita in città. Amavano il proprio destino, o perlomeno riuscivano a sopportarlo. Anche se, con la scomparsa delle ultime generazioni che parlavano dialetto e custodivano una tradizione di storie locali, Castagneto vedeva rapidamente sbiadire la propria identità, in paese – e questo ai miei occhi metropolitani pareva davvero impressionante – nessuno mai diventava a tutti gli effetti un individuo: restavi sempre il figlio di Tizio o il nipote di Caio. Dal momento in cui venivi al mondo, si stringevano vincoli ogni giorno più difficili da sciogliere. Non restava allora che tagliarli, partire e non tornare più. Ma l'avevano fatto in pochi. Molto più facile era assecondare la spinta genealogica, seguire il corso e diventare finalmente, a quarant'anni, quello che agli occhi di tutti eri sempre stato, la copia di tuo padre.

Accostai gli scuri, spensi la luce e scesi al bar davanti all'ingresso della piscina. La musica batteva e ribatteva: era una sequenza di successi di vent'anni prima, ma deformati e compressi in un comune schema di ritmo. Si era fatto buio ormai, e accanto al giardino, dietro una siepe, era stato acceso un grosso riflettore: puntato verso il cielo, vi proiettava una colonna di luce azzurro pallido visibile, probabilmente, a chilometri di distanza. Somigliava a quei fantasmi luminosi alti cento piani che i newyorkesi qualche anno prima accendevano sulla punta estrema di Lower Manhattan per indicare il luogo in cui sorgevano le grandi torri gemelle e per commemorarne il destino. I camerieri distribuivano Bellini e Spritz ma io puntai dritto al bancone, volevo qualcosa di più forte. Chiesi un Negroni.

«Oh, bravo», disse il barista, e afferrò la bottiglia del gin dallo scaffale. «C'è ancora qualcuno che non vuole il Mojito. Ma lo sai quante risse ha provocato quel cazzo di Mojito?»

«Scommetto che pure il Negroni non scherza», obiettai.

«No», riprese il ragazzo, «non è una questione di tasso alcolico. È che a preparare il Mojito ci vuole un sacco di tempo, si formano code. E dopo una certa ora la gente si innervosisce, parola di professionista».

«Senti», dissi, «ma davvero hai venduto a Nevio i numeri di telefono delle ragazze?»

Si limitò a sorridermi e ad alzare le spalle nella sua giacchetta bianca troppo larga.

«A proposito», domandai, «stasera non si è visto?»

D'istinto, mi girai a controllare. E, tra i volti della piccola folla che ormai mi premeva, proprio quello di Nevio mancava. Eppure, di solito non si perdeva mai la serata di ferragosto, che a Castagneto segnava l'entrata ufficiale della stagione in una fase di declino senile fatta di improvvisi rovesci, di guazze mattutine, di tramontane che strappavano le foglie dei pioppi e le facevano vorticare a mezz'aria in girotondi nervosi che potevano durare minuti interi. Nevio adorava vestirsi con cura, nello stile Brooks Brothers che in Italia era diventato di moda una ventina d'anni prima, sfoggiare le sue giacche blu e le sue cravatte regimental – e certo in paese non è che le occasioni si sprecassero. Mi stupì, dunque, che non fosse ancora arrivato.

«Non lo vedo da qualche sera», disse il barista. «Ah sì, da quando ha litigato con Abate. Per via di quella bruna, Sandra».

Alle mie spalle altri clienti lo incalzavano, e mi rendevo conto che non aveva né il tempo né la voglia di parlarne. Ma ogni volta che nel suo andirivieni tra i frigoriferi, il bancone e gli scaffali delle bottiglie mi ripassava davanti, ne approfittavo per farmi sotto con le domande. Così venni a sapere che il fratello maggiore di Sandra viveva in città in una specie di comunità di assistenza per ragazzi Down – a Castagneto quasi nessuno ne era a conoscenza – il che contribuiva a spiegare come mai quella sera, trovandosi sola e notando Nevio seduto all'estremo opposto della affollata distesa di tavolini, per la prima volta avesse deciso di raggiungerlo. Forse voleva solo metterlo in guardia dall'ennesimo scherzo architettato dalle amiche; oppure aveva semplicemente nostalgia del fratello. Ma, anche se con le frammentarie informazioni fornitemi dal sempre più frenetico e distratto barista potevo soltanto cercare di immaginare come si fossero svolti i fatti, era chiaro che per lui si era trattato di una serata indimenticabile.

Era stata lei a raggiungerlo. Nevio l'aveva vista alzarsi – dapprima soltanto una silhouette che i faretti del bar disegnavano al di sopra delle spalle e delle teste degli avventori seduti – e doveva aver creduto che, annoiata e sola, stesse per andarsene. E invece, come con il cuore che gli batteva a precipizio aveva presto dovuto constatare, Sandra veniva dritta verso di lui, proprio verso di lui che aveva infilato una mano in tasca e stringeva il pugno sulla scatola foderata di raso azzurro. Ora poteva vederla meglio: indossava una canottiera aderente, un paio di jeans neri e semplici scarpe da ginnastica. In breve se l'era trovata seduta accanto.

Gli era così vicina che Nevio riusciva a rendersi conto di un fatto del tutto imprevisto: gli occhi di Sandra cercavano i suoi. Non era mai accaduto prima, e gli ci volle qualche minuto per accantonare quella consapevolezza entusiasmante e lasciare che ad attrarre la sua attenzione fosse invece la bocca della ragazza, non certo a causa dei discorsi che con ogni probabilità lui nemmeno ascoltava, ma per via dell'incavo leggero tra il naso e le labbra, del morbido labbro superiore leggermente sporgente, dei denti che apparivano e sparivano e persino del tesoro segreto e guizzante della lingua. Ma non era tutto: quando lui si era fatto coraggio e aveva posato sul tavolo l'anello nella scatola azzurra, Sandra gli aveva afferrato la mano e l'aveva stretta tra le sue, e Nevio le aveva sentite calde e un po' umide di sudore entrando in quel preciso istante nel dominio tirannico del tatto, dove tutto si dimentica tranne il desiderio del corpo che tocchiamo per la prima volta e su cui vorremmo estendere al più presto il nostro possesso. Aveva osservato le spalle nude della ragazza, il seno saldo sotto il tessuto elasticizzato, la curva svettante del collo, e sfilata la sua mano destra alla presa di Sandra aveva cominciato ad accarezzarla risalendo lungo un braccio – al che lei era scattata in piedi e, dopo una sbirciata all'orologio, gli aveva chiesto se aveva voglia di accompagnarla alla macchina.

Quando il barista mi servì il secondo Negroni della serata, insistetti perché si fermasse a raccontarmi quello che era accaduto in seguito, quando sulla scena era comparso Abate.

«Il solito», rispose con la sua caratteristica alzata di spalle, «cosa vuoi che succeda?» E, dopo una prudente occhiata circolare: «Il classico show di Pietrino dopo dieci Campari. Ha seguito Sandra e Nevio nel parcheggio, ha aspettato che lei se ne andasse e poi ha assalito lui a spintoni. Urlava così forte che l'abbiamo sentito da qui. Abbiamo dovuto mollare tutto e correre a separarli».

«E Nevio? Si era fatto male?»

«E che ne so. Non credo. Quando siamo arrivati era già scappato via e, come ti ho detto, da allora non l'ho più visto. E adesso scusami, che ho da fare».

Avevano spalancato il cancelletto che separava il bar e il giardino dalla piscina, e con l'affluire della gente la musica era salita di tono. Attraverso una finestrella alle spalle del barman riuscivo a scorgere qualche intraprendente che aveva preso a ballare con la moderata intensità adatta a un inizio di serata. Erano soprattutto donne della mia età – troppo eleganti, con troppe collane e tacchi troppo alti. Gli uomini erano occupati a bere, come me del resto. Non bastava trovarsi lì per essere davvero nella serata, bisognava prendere le distanze da quello che eravamo stati fino a poco prima. Dovevamo sbarazzarci di noi stessi. Mi presi un terzo bicchiere e mi staccai dal bancone, diretto alla piscina. Lungo tre lati avevano disposto dei tavolini rotondi, già apparecchiati, su ognuno dei quali tremolava, riflessa da piatti e bicchieri, la fiammella di una tozza candela di cera arancione. Accanto al palco della band, attesa più tardi, c'era il tavolo del buffet.

Mi avvicinai alla vasca, trasformata da quattro riflettori posati sul fondo in un'esplosione di riverberi acquamarina che al minimo incresparsi della superficie fluttuavano pazzamente. In piedi sul bordo, appoggiato con un gomito al trampolino, lasciavo che l'azzurro palpitante si dilatasse fino a riempire il mio campo visivo. Era come precipitare, ma senza mai giungere all'impatto con la superficie. Il trampolino vibrò. Per poco non persi l'equilibrio. Mi girai e accanto a me c'era Augusto.

Per l'occasione aveva rinunciato al suo solito abbigliamento da battuta di caccia e indossava un paio di pantaloni di lino kaki e una camicia bianca fuori dai pantaloni. Era rasato e pettinato con cura – ma sul suo volto, rischiarato dai riflessi mutevoli, brillava una patina di sudore.

«Mi dispiace davvero», dissi, «non mi sono più fatto vivo. Lo so che non è stato facile».

«Non ci pensare», replicò scrollando le spalle, «cerchiamoci un tavolo».

Io levai il bicchiere vuoto. «Prendiamoci da bere, prima».

Al tavolo del buffet si era formato un assembramento, ma Augusto si fece largo senza complimenti e agguantò a caso una bottiglia di vino bianco tra le decine allineate in buon ordine, già stappate, accanto a una fila di cocktail analcolici ornati di frutta e bandierine e al bacile della sangria. Quando riemerse dalla folla, mi indicò un gruppetto di calciatori del Castelsaro che facevano la fila davanti a una enorme padella di tagliatelle al salmone. Vestiti in quella che sembrava la tenuta ufficiale della squadra – pantaloni e giacca blu, camicia azzurra e cravatta a strisce bianche e rosse, i colori sociali – stentai a riconoscerli. Mi colpì, su quei visi, soprattutto l'espressione di uniforme stupefazione dovuta all'abitudine, comune a molti loro coetanei, di farsi assottigliare le sopracciglia in un'arcata sottile e rialzata, così che gli occhi apparivano tondi e perennemente spalancati. Le ragazze invece erano una meraviglia, e l'ebbrezza della loro apparizione improvvisa, aggiungendosi a quella montante dell'alcol, mi strinse la gola e mi tolse il fiato.

Augusto mi guidò a un tavolino libero. Mi sedetti, mi riempii il bicchiere fino all'orlo e ne bevvi metà in una sola sorsata.

«Hai visto», dissi, «la Sportiva non c'è». Probabilmente, ipotizzai, aveva litigato con qualcuna delle altre, forse per via dei loro scherzi telefonici a Nevio, di quel loro gioco degli appuntamenti alle ore e nei posti più bizzarri.

Augusto scosse la testa. Anche se finora non aveva toccato il vino aveva gli occhi lustri, infossati tra le rughe.

«Sandra l'ho vista in macchina con Pietrino», disse. «Saranno state le otto». Terminò la frase scrollando le spalle, come se per lui non ci fosse proprio nulla di cui stupirsi. Io, invece, mi stupivo eccome: perché il primo comandamento della cerchia di sfaccendati semialcolisti in compagnia dei quali Pietrino passava le giornate prevedeva che le donne andassero pagate, se possibile in contanti. Di solito si trattava di ragazze dell'Est ingaggiate nei locali della bassa valle; talvolta invece qualcuno – non certo Abate – si spingeva fino a Budapest, a Bucarest, addirittura a Tallinn e a Riga. I loro discorsi al bar consistevano perlopiù nei racconti di queste spedizioni e nel favoleggiare di futuri, definitivi trasferimenti in località costiere del Brasile sempre figurate come un carnevale in cui giovani donne in bikini muovevano il culo a ritmo di samba, alla luce di un perpetuo tramonto e nell'onnipresente fragranza di olio solare al cocco. Non riuscivo proprio a immaginare come Abate, che dai tempi della rottura del fidanzamento con Stefania non aveva mai toccato una donna senza prima mettere mano al portafoglio, avesse potuto trovare il coraggio e la pazienza di sottomettersi a un rituale che prevedeva la possibilità di un rifiuto – certo assai temuta da chi come lui in materia di donne si riteneva segnato dalla malasorte, e non del tutto a torto in quanto già doppiamente rifiutato, dalla madre prima, dalla fidanzata poi.

«Ma come, non capisci?», sbottò Augusto. «Quando si è ritrovato solo come sempre, e Sandra e Nevio col suo faccione beato da mongoloide seduti allo stesso tavolo, puoi immaginare l'umiliazione? Il suo primo istinto sarà stato di saltare addosso a Nevio e riempirlo di botte, ma poi deve essersi detto che persino lui poteva fare di meglio».

Vuotai il bicchiere. «Vai avanti», dissi.

«Be', Nevio l'ha aggredito lo stesso. Ma almeno ha aspettato che la ragazza se ne andasse. E la mattina dopo lei è uscita di casa verso le undici e se l'è trovato lì davanti, appoggiato alla fiancata dell'Audi. Doveva essere già ubriaco».

«E tu che ne sai?»

«Quello da sobrio con una donna non ci parla. Non so cosa si siano detti, ma lei non sembrava stupita di vederlo. Dopotutto, erano giorni che non le toglieva gli occhi di dosso. Deve essersene accorta per forza, ed evidentemente non le dispiaceva. E comunque, la nostra Sportiva è l'unica del suo gruppo che non si sia trovata un calciatore. Dubito che avrà voglia di farsi vedere sola dalle amiche da queste parti. E Abate, in fondo, è un'ottima seconda scelta».

Improvvisamente capii cosa ci facesse Augusto lì, alla festa, da solo. Pensava che ci sarebbero venuti anche Pietrino e Sandra, ed era venuto a cercare lui. Era ovvio che lo pedinava da giorni. Gli dissi quello che pensavo: era una pazzia.

«Mi raccomando», aggiunsi, «per la prossima sfida all'Ok Corral scegliete un altro giorno di mercato».

Augusto accennò una risata, ma fu colto da un accesso di tosse così violento che la candela sul nostro tavolo si spense.

«Non ho nessuna voglia di incontrarlo», disse, «ma devo tenerlo d'occhio».

«E chi l'ha detto?»

«Vorrei vedere te. L'hai visto in piazza, o no, come gridava? *Arriva questo romano di merda e vi ruba la moglie, e bla bla bla?* Farneticava. Ma il giorno dopo tutti mi guardavano con gli occhi di fuori».

«Lo sai com'è, il paese».

«Già, ora tutti si domandano se davvero io gli abbia rubato qualcosa».

Mi versai altro vino. Aveva ragione lui: tutti conoscevano la storia di Pietrino e Stefania, che dall'inizio alla fine si era svolta sotto i loro occhi, ma allo stesso tempo non ce n'era uno che adesso non parteggiasse per l'uomo cui il forestiero aveva sottratto la fidanzata: riuscivano a credere contemporaneamente a due storie diverse e contrapposte – anzi, dal giorno della lite in piazza la prima, quella fino ad allora accettata per vera, aveva cominciato a subire un processo di graduale, inarrestabile corrosione; e già si sentiva avanzare qua e là l'ipotesi che Stefania avesse cominciato a vedere Augusto prima di abbandonare Pietro, e che da un fatto avesse avuto origine l'altro. Quell'interpretazione confondeva disinvoltamente cause ed effetti, ed era minata da anacronismi vistosi, ma il suo successo non mi stupiva. Era una sorta di versione paesana delle teorie della cospirazione – o, se vogliamo, il riflesso sul piano del pettegolezzo locale dei revisionismi balzani che, come storico, anno dopo anno vedevo mettere radici e fiorire soffocando a poco a poco ogni parere discorde. Ancora qualche lustro e sui libri di storia Adolf Hitler sarebbe passato per un precursore dell'unità europea

– e allora perché stupirsi se in paese si cominciava a prestar fede agli sfoghi autocommiseratori di Abate?

Naturalmente, questo ad Augusto non lo dissi. Mi sforzai invece di rassicurarlo. Volevo pensare ad altro. Ero ubriaco e avevo fretta di ubriacarmi di più. Volevo tornare a casa strisciando. Scolai il bicchiere, cambiai discorso, cercai persino di trascinare Augusto sulla pista da ballo tirandolo per un braccio, poi mi ci avventurai da solo.

Non so per quanto tempo restai ad agitarmi sotto le stroboscopiche, tra gli immutabili sguardi stupefatti dei calciatori, le pupille dilatate, i profumi e i sudori delle donne cariche di bigiotteria che si sforzavano di cavalcare i ritmi dei loro anni verdi (anche quando la band salì sul palco, la musica non cambiò: suonarono uno dopo l'altro tutti i pezzi eseguiti nel tour italiano di Madonna del 1987), ricordo solo che quando abbandonai la mischia e tornai al tavolo Augusto era ancora lì ad aspettarmi, e non aveva mutato il corso dei suoi pensieri.

«Sono solo», riprese, «completamente solo. Dovresti vederli, Vittorio, i miei buoni compaesani. Gente che fino a qualche giorno fa mi chiamava gridando da un capo all'altro della piazza solo per offrirmi un caffè adesso scantona appena mi vede. Se li chiamo al telefono lo lasciano squillare. Se vado a trovarli a casa si fanno negare dalla moglie. Ma ti rendi conto? E intanto Pietrino viene tutte le notti. Ieri si è messo a tirare sassi contro i lampioni del giardino. Ho dovuto impedire a forza a Stefania di precipitarsi da lui e implorarlo di smettere».

«Stai attento», dissi. «Non uscire di casa. Potrebbe avere un coltello. L'hai visto, no?, come agitava quel cacciavite».

Augusto non rispose, si limitò a fissarmi con quel suo sguardo sfinito, febbricitante. Poi, lentamente, stirò un sorriso obliquo e sottile quanto la cicatrice che aveva sul mento.

«Seguimi», disse, «ti faccio vedere una cosa».

Riempii un bicchiere e lo portai con me. Ci ripensai, tornai rapidamente sui miei passi e afferrai la bottiglia. Varcato il cancelletto, attraversammo la zona bar e ci dirigemmo verso il piccolo giardino, addentrandoci poi tra le aiuole fiorite e i cespugli di ligustro per arrestarci ai margini dell'ovale luminoso proiettato da un lampioncino in ferro battuto. La musica tacque – la band, annunciò la cantante al microfono, si prendeva una breve pausa – e ci ritrovammo circondati dal canto dei grilli.

Augusto sollevò con la mano destra il lembo inferiore della camicia e sorrise.

«Può venire quando vuole, Pietrino».

Non appena riconobbi il calcio della pistola infilata sotto la cintura il mio cuore balzò. Ebbi un conato di vomito. Boccheggiai e barcollai risucchiato in un capogiro, la notte estiva che mi vorticava intorno, tanto che dovetti posare a terra la bottiglia per sostenermi al fusto del lampione. Augusto aveva ancora quel suo sorriso idiota e astuto, e attraverso l'ottundimento alcolico un'incontenibile ondata di rabbia mi prese e mi sollevò contro di lui – e mi preparavo a gridargli in faccia quanto fosse imbecille e pazzesca la sua idea di portarsi dietro la pistola, quando udii alle mie spalle la voce di Nevio che mi chiamava per nome: era ancora più sforzata e strascicata del solito e purtroppo, sembrava, molto vicina. Gli era sempre piaciuto cogliermi di sorpresa.

Doveva essere entrato non dal lato del bar ma da quello opposto, dove terminava il giardino e iniziava il vialetto che portava al campo di calcio. Io e Augusto ci scambiammo la stessa occhiata: da quanto era lì, cosa aveva visto, ne avrebbe parlato con qualcuno?

«Ero seduto sulla panchina», disse Nevio quasi a risposta, venendoci incontro. Era in maniche di camicia, portava piegato in due sul braccio uno dei suoi blazer blu e nell'altra mano stringeva un bicchiere. Ci salutò con calore, come se dall'inizio della serata non avesse fatto altro che cercarci. Naturalmente non era così.

«Avete visto Sandra?», chiese. «È tutta la sera che la cerco e al telefono non risponde».

«Alla festa non c'era», disse Augusto.

«Ma potrebbe essere arrivata», intervenni, «perché non torniamo dentro a vedere?»

La musica ripartì. Non era la band, ma ancora la sequenza di pezzi registrati con cui avevano aperto la serata.

«Andiamo», insistetti con la voce su un tono di allegria caricaturale, «che ci fai qui fuori tutto solo?», e così dicendo raccolsi la bottiglia e l'agitai. «Dobbiamo fare il pieno, ragazzi».

«Su, vieni dentro», tagliò corto Augusto. «Ti posso assicurare che Pietrino non c'è».

Nevio accettò controvoglia e solo dopo la nostra promessa che, se non avessimo trovato Sandra, l'avremmo accompagnato a cercarla.

«Torno subito», disse Augusto. «Faccio un salto in macchina e sono da voi».

In piscina il volume della musica aveva raggiunto un livello insostenibile, i bassi mi premevano sullo stomaco, tanto che dovetti tenermi alla larga dalla zona del palco e del buffet, che si trovava proprio accanto agli amplificatori. Sapevo che Sandra non c'era, e non finsi neppure di cercarla. Dopo il brusco accesso di chiarezza seguito alla scoperta della pistola e all'incontro con Nevio, cominciavo a sentirmi ubriaco sul serio. L'incessante ondeggiare dei riverberi intorno alla vasca sembrava mutare l'inclinazione di ogni superficie, falsava le distanze, mi guastava il passo. Mi lasciai andare su una sedia e, mentre bevevo a piccoli sorsi il vino bianco nel calice abbandonato da chissà chi sul tavolino accanto, osservai Nevio infilarsi sgomitando in ogni capannello, correre di qua e di là interpellando amici e sconosciuti – compresi, notai, i calciatori del Castelsaro, verso i quali di solito mostrava una insuperabile soggezione – fino a che, deluso, non uscì dalla calca e non cominciò a guardarsi intorno per individuare non più Sandra ma me. Richiamai la sua attenzione levando un braccio e agitandolo.

In un attimo mi fu accanto, mi investì con l'urgenza della sua apprensione. Resosi conto che non avevo nessuna voglia di alzarmi mi afferrò per un braccio e prese a tirare con tutte le forze. Quando con uno strattone riuscì a mettermi in piedi, persi l'equilibrio e gli rovinai addosso mandandolo a gambe levate contro il tavolino alle sue spalle, cui per fortuna non sedeva nessuno. Piatti, bicchieri e bottiglie andarono in frantumi sulle piastrelle. Un paio di camerieri accorsero credendo si trattasse di una rissa.

«Ragazzi», biascicai, «va tutto bene. Ora ce ne andiamo».

Nevio, rialzandosi, aveva il viso guastato dal pianto. Si scostò i capelli dagli occhi con un gesto rabbioso. Le lacrime gli rigavano le guance. Gli afferrai la mano sinistra: cadendo, doveva averla appoggiata su un coccio di vetro, perché da un taglio sul palmo il sangue gli scorreva tra le dita. Lo tamponai con un tovagliolo.

«Adesso andiamo a farci medicare, poi ti accompagno a casa», gli proposi. Scosse la testa e tirò via la mano. Bestemmiò ad alta voce, poi mi gridò che voleva trovare Sandra.

«Aspettiamo Augusto, almeno. È lui che ha la macchina», dissi. «Adesso però usciamo di qua. Ci stanno guardando tutti».

Augusto lo incontrammo al bar. Curvo, coi gomiti puntati sul bancone, aspettava che gli servissero un caffè. Ne chiesi uno anch'io. Nevio non stava più nella pelle, ma i due baristi erano sopraffatti dalle ordinazioni, e per togliermelo di torno lo mandai in bagno a darsi una sistemata.

«È fuori di testa», dissi, non appena si fu allontanato. «Vuole andare a cercare Sandra».

La prospettiva di dedicare il resto della serata alla ricerca della ragazza mi pareva assurda – tanto più che, per quanto ne sapevo, avrebbe potuto benissimo trovarsi in qualche discoteca della riviera, a un centinaio di chilometri da Castagneto – ma con mia grande sorpresa Augusto non la pensava così. Secondo lui, un giro in macchina sarebbe servito a tranquillizzare Nevio, e anche a farmi smaltire la sbornia. Dopodiché, volente o nolente, l'avremmo accompagnato a casa. Inoltre, mi ricordò, aveva visto Sandra qualche ora prima in compagnia di Pietrino, la cui ritrosia a lasciare il paese e gli immediati dintorni era ben nota. Non potevano essere lontani.

Era chiaro, comunque, che di Nevio e della ragazza non poteva fregargliene di meno.

«A te interessa Abate, vero?», domandai. Augusto, per tutta risposta, si sollevò la camicia scoprendo la cintura e lo stomaco. La pistola era scomparsa.

«Voglio solo che mi veda. Che sappia che lo tengo d'occhio».

«Allora faresti meglio a tornartene a casa».

«Ho appena fatto un giro in macchina nei dintorni, e lui non c'era», disse gettando un'occhiata all'orologio. «Di solito arriva più tardi».

Finalmente il barista ci servì i caffè. Mentre, in silenzio, aspettavamo il ritorno di Nevio, mi attraversò la mente il pensiero che la cosa migliore da fare sarebbe stata piantarli in asso in quel preciso istante e tornarmene a casa – e la casa era proprio lì accanto, ci sovrastava, mi sarebbe bastato girarmi e alzare lo sguardo per trovarmi davanti la finestra della camera da letto in cui aveva dormito mia madre, e poi io per anni e anni, durante una lunga sequenza di estati – ma fu questione di un attimo, e quella fiammella di buon senso venne sommersa da una piena alcolica che non riuscivo ancora a controllare. Mi piacerebbe poter affermare che restai con Augusto e Nevio solo per fare in modo che le loro personali ossessioni non li travolgessero, oppure che rimasi spinto dalla preoccupazione per la salute di Nevio, di cui Carla mi aveva rivelato la segreta fragilità, ma non fu così. Non volevo fare la cosa giusta. Non volevo essere saggio. Non volevo neppure essere me stesso. Il mondo mi si inclinava sotto i piedi, e su quella stessa pendenza scivolava la serata.

La vecchia Land Rover correva sulla provinciale deserta e tortuosa, affondava beccheggiando verso la pianura tra le colline imbiancate dalla luna piena, mentre dai campi e dai filari di acacie ai bordi della strada risuonava in tutta la valle la sonagliera ossessionante dei grilli. Mi ero sistemato sul sedile posteriore e tenevo la testa fuori dal finestrino per prendermi il vento in faccia. Dopo i giorni di arsura, nell'aria della notte si era insinuata una vena sottile di umidità, un odore di asfalto toccato da lontane gocce di pioggia. Augusto guidava in silenzio, volgendosi di tanto in tanto a destra per controllare Nevio che, la grossa testa china sul telefono, il labbro inferiore pendulo e tremante, digitava con frenesia.

Il posto dove eravamo diretti si chiamava The Day After – un enorme videopub installato in un ex capannone industriale a una ventina di chilometri da Castagneto, là dove la valle si allargava in una piana di pescheti e campi di granturco. Il locale attirava gente da tutta la vallata e dalle città vicine, ed era uno dei preferiti dai giovani del paese. Non mi sembrava il posto giusto per rintracciare Sandra e Pietrino; ma Augusto non era di questo parere, e dovevo ammettere che lui conosceva le abitudini e i gusti di Abate meglio di me. Inoltre, ero curioso. Avevo sentito parlare del Day After orecchiando le conversazioni delle ragazze e dei loro calciatori, che non di rado evadevano la sorveglianza di allenatori e preparatori atletici per venire a passarvi la serata. Ci si poteva bere, ballare, e soprattutto ci si poteva vedere e rivedere sugli schermi a cristalli liquidi piazzati su ogni tavolino del locale.

Non volevano lasciarci entrare: il nostro aspetto non doveva essere dei migliori e con noi non c'erano ragazze. Augusto spiegò che non avevamo intenzione di trattenerci, eravamo lì solo per cercare un amico; ma fu solo quando Nevio gli allungò cinquanta euro che il buttafuori si fece da parte. Una volta dentro ognuno di noi ricevette un braccialetto di plastica verde e un dépliant informativo. Ogni braccialetto conteneva un microchip e un codice di identificazione e serviva per registrare le consumazioni. Ma non era tutto: nel locale, una rete di sensori rilevava automaticamente qualunque braccialetto si avvicinasse entro un certo raggio e attivava una delle videocamere piazzate in ogni angolo. Un computer provvedeva a unificare tutte le sequenze in cui compariva un determinato codice di identificazione in un singolo file, e ciò faceva sì che all'uscita fosse possibile acquistare un dvd con le riprese della propria serata, che potevi rivederti con tutta calma il giorno dopo, The Day After appunto. Era questa la vera attrazione del posto, oltre al fatto che sequenze relative a tutti i codici di identificazione presenti nel corso della serata venivano continuamente alternate su ognuno degli schermi ai tavoli.

L'esaltazione alcolica evaporava a poco a poco, lasciandomi disorientato e torpido, timoroso che la minima spinta mi mandasse a gambe all'aria, e non avevo nessuna voglia di lasciarmi pestare i timpani da altra musica ad alto volume. Così, mentre Augusto e Nevio abbandonavano la tranquilla area dei tavolini per gettarsi nella calca che circondava la pista da ballo, io ordinai una coca e mi sedetti a guardare i filmati.

E dopo circa un quarto d'ora, accasciato sulla poltrona con la testa che mi ciondolava nel mezzo sonno, li vidi: Augusto e Sandra, sullo schermo, proprio davanti a me. La riconobbi dalla piccola stella tatuata sulla caviglia – mentre, sudata e sinuosa, splendente sotto improvvisi lampi di luce bianca, ballava a occhi chiusi sulla pedana rialzata. E provai, nel riconoscerla, una rapida fitta di nostalgia, perché quelle erano già immagini del passato. Quei movimenti, quella flessione delle gambe, quello slancio ondulato dal basso verso l'alto che somigliava all'insinuante moto subacqueo con cui i nuotatori si sforzano, dopo il tuffo, di acquistare velocità prima di ritornare alla superficie, erano già trascorsi, e il fatto che la memoria di un computer fosse in grado di conservarli e di riproporli all'infinito non aveva alcuna importanza. Come per le foto nel comò della mia camera da letto, proprio la volontà umana di conservare quei momenti finiva per metterne in risalto la scandalosa transitorietà. Qualunque cosa facciamo – pensai mentre l'inquadratura si spostava su Abate che, in piedi accanto alla pedana, se ne stava impalato con un bicchiere per mano – noi vinciamo la nostra morte.

L'immagine cambiò appena un attimo prima che Augusto e Nevio facessero ritorno dalla pista dove – in un momento imprecisato della serata trascorsa – Pietrino aveva assistito alla danza di Sandra.

«Niente. Non ci sono», disse Nevio scuotendo disperatamente la testa. Da dietro le sue spalle, Augusto mi lanciò un'occhiata significativa. Non potevamo riportarlo a casa in quello stato. Bisognava prendere tempo, farlo calmare un po'.

«Sedetevi», dissi, «beviamo qualcosa». Misi da parte la coca e, poiché nessuno si decideva a parlare, ordinai tre Cuba Libre. Se proprio la serata doveva continuare – ed era inutile farsi illusioni, ormai non avevo più il potere né la determinazione di interromperla – tanto valeva che ricominciassi a bere. Un'occhiata ai miei due compagni non fece che confermarmi nel mio proposito: per nulla al mondo avrei voluto ritornare sobrio.

Nevio aveva gli occhi arrossati, il viso raggrinzito dall'ansia, e ripeteva senza sosta un suo tic nervoso: si passava la destra tra i capelli all'altezza della tempia e, arrotolata una ciocca intorno all'indice, tirava forte. I capelli venivano via a piccoli ciuffi. Augusto era torvo e distratto, il suo pensiero correva all'assurdo dovere che si era imposto, di tenere d'occhio Abate ovunque fosse. Nessuno dei due accettò di sedersi. Dopo una lunga pausa di silenzio, fu proprio Augusto a parlare.

«Si torna in paese», disse. «Alla festa».

Per un attimo fui tentato di raccontargli del filmato, ma tutto quello che feci fu seguirlo docilmente all'uscita, dove riconsegnammo i braccialetti e pagammo le consumazioni, e poi al parcheggio.

Al ritorno Augusto guidò come un pazzo, con un occhio alla strada e uno all'orologio. Sperava di sorprendere Abate, ancora una volta, nei pressi di casa sua. Tagliava le curve, faceva stridere le gomme, e talvolta mi accorgevo che i pneumatici mordevano sbandando la sottile fascia d'erba e terriccio ai lati della carreggiata. Non avevo paura. L'immagine, che pure mi si riaffacciava di continuo, della Land Rover rovesciata in un campo, mi lasciava del tutto indifferente. La vedevo da una prospettiva esterna. In un certo senso, mi pareva giusto che finisse così.

A gelarmi il sangue fu invece la vista di un lampeggiante che risalendo a gran velocità la provinciale sciabolava con la sua luce azzurra i fianchi delle colline. La sirena cominciò ad assordarci alla fine del lungo rettilineo prima del cartello d'ingresso in paese, mentre Augusto chino sul volante bestemmiava a voce alta come se così potesse infondere qualche cavallo in più al vecchio diesel imballato. Mi voltai e vidi due Alfa dei carabinieri, le strisce rosse sulle fiancate, farsi sotto rapidamente. Trattenni il fiato mentre si incolonnavano dietro di noi, un attimo solo prima di guizzare sulla sinistra e superarci con irrisoria noncuranza. A bocca aperta, le seguii con lo sguardo mentre superavano l'ultima curva a gomito ed entravano rombando in paese, per poi imboccare con un mezzo testacoda la via del fiume. Quindi, alle nostre spalle, apparve l'ambulanza.

«Fatti da parte», gridai ad Augusto, che finalmente accostò. Oltre all'ambulanza ci sfilò accanto un furgone rosso dei vigili del fuoco. Ci guardammo l'un l'altro alla luce brusca dei lampeggianti. Nevio, raggomitolato sul sedile, piangeva in silenzio. Per quanto ne sapevo, poteva aver cominciato subito dopo la nostra partenza dal Day After. Ora, a ogni singhiozzo, vedevo la sua testa sobbalzare e subito ricadere nel buio. Poi Augusto innestò la marcia. E scendemmo lungo la via del fiume.

L'ambulanza e le auto dei carabinieri erano parcheggiate lungo un tornante, i fasci biancoazzurri dei fari che si incrociavano nel buio del fondovalle puntando sulle colline oltre il greto. Augusto spense luci e motore, e ci avvicinammo in folle. Non avevano avuto il tempo di bloccare la strada e nessuno faceva caso a noi. Un paio di soccorritori in tuta arancione erano chini su una barella, altri scendevano in fila la scarpata oltre i paracarri reggendo i trespoli per le fotoelettriche. Sapevo che una decina di metri più in basso c'era un piccolo frutteto, ma quell'assembramento ci toglieva ogni visuale. Lasciammo la Land Rover e ci incamminammo tenendoci a bordo strada, sotto le acacie. Un gruppo elettrogeno a gasolio tossì e si avviò: e noi, sfruttando quel frastuono, affrettammo il passo.

Il frutteto lo ricordavo bene: c'erano peri e meli e ci passava un sentiero, una scorciatoia che dalla piazza portava dritto al fiume – da bambini staccavamo piccole mele aspre e sugose dai rami più bassi, finché il proprietario aveva cercato di far cessare i furti appendendo a ogni pianta un cartello che aveva fatto ridere tutto il paese: frutta avvelenata. D'un tratto, si illuminò a giorno. Allora vedemmo la macchina. Poteva sembrare, a prima vista, un oggetto piovuto rovinosamente dal cielo: un grumo di metallo incrostato di terra, tubi aggrovigliati, indecifrabili parti meccaniche sparse d'intorno, e neanche l'ombra di una ruota. Ma osservando meglio, superato il primo stupore si notava che lo sfascio riguardava soprattutto la fiancata destra, su cui l'auto doveva essersi abbattuta dopo il volo oltre i paracarri. Quel lato pareva appiattito, tanto che la larghezza del veicolo si era ridotta come se fosse stato schiacciato da una pressa; ma il fianco del conducente – benché le lamiere si fossero deformate nei rotolamenti che dovevano aver seguito il primo impatto – era ben riconoscibile, tanto più che la macchina non era rovesciata. Era l'Audi di Pietrino Abate.

«Sandra!», gridò Nevio. «Sandra!» Eravamo fianco a fianco, e lo sentii flettere i muscoli come se si preparasse a balzare dalla scarpata. Allora, con l'aiuto di Augusto, lo afferrai per un gomito e lo trascinai indietro, verso il centro della strada. Ma era bastato quell'urlo perché tutti si rivolgessero a noi tre. Cercai precipitosamente di escogitare una spiegazione che potesse giustificare agli occhi di carabinieri e soccorritori la nostra permanenza lì, evitare di farci cacciar via all'istante – ma non c'era modo di fornirne alcuna senza raccontare, perlomeno, che avevamo assistito all'uscita di strada dell'Audi, una menzogna che ne avrebbe generate altre e poi altre ancora, una reazione a catena che avrebbe finito col metterci nei guai. Temevo che, se l'avessero interpellato, proprio quella sarebbe stata la versione di Augusto.

Invece, con mia grande sorpresa, nessuno venne a farci domande e gli sguardi che si erano concentrati su di noi tornarono a posarsi sul cerchio di luce candida e polverosa dove campeggiava il relitto dell'Audi. La ragione non mi fu chiara finché non tornammo ad affacciarci sulla scarpata. Pietrino, da dentro l'abitacolo, chiedeva aiuto a gran voce e tempestava di pugni il finestrino chiuso. La carrozzeria deformata impediva l'apertura della portiera. Un vigile del fuoco gli gridò di tirarsi indietro, e altri due si avvicinarono portando un piccolo generatore, delle tronchesi elettriche e un piede di porco. I cavi furono collegati, e l'uomo iniziò a lavorare con le ganasce sui cardini. Poi infilò il piede di porco nella fessura e facendo leva con tutto il peso del corpo scardinò la portiera, che venne staccata e deposta a terra. Abate si fece largo tra i palloni bianchi degli airbag e uscì sulle sue gambe, barcollante, col naso che sanguinava sul mento e sulla maglietta.

«Sto bene», disse, levando una mano in un gesto che voleva essere rassicurante, «sto bene».

«Lo so che stai bene», sibilò Augusto al mio fianco, «il figlio di puttana sta sempre bene».

Abate girò bruscamente su se stesso come volesse rientrare nell'abitacolo, ma fu bloccato da una coppia di infermieri che lo costrinsero a sdraiarsi su una barella.

«Tiratela fuori!», gridava. «C'è una ragazza là dentro».

Anche se l'auto era rivolta col muso verso di noi, non riuscivamo a scorgere il sedile destro perché il tettuccio, schiacciato, aveva finito per aderire al cofano. Quel lato era un nodo di metallo. Vidi i soccorritori guardarsi l'un l'altro, le spalle che si curvavano per lo scoramento. Poi quello che sembrava il capo ordinò che fosse piazzata un'altra fotoelettrica e si fece portare due grosse borse, le aprì e dispose gli attrezzi a terra accanto a sé, in fila come i ferri di un chirurgo.

Fu un lavorio penoso, spesso interrotto da consulti e ripensamenti. Mentre le tronchesi, le seghe circolari e i cilindri divaricatori si facevano largo verso il cuore del disastro – dove, ormai ne avevamo la certezza, Sandra giaceva imprigionata ed esanime – Abate si mise a litigare e a lottare con gli infermieri che avrebbero voluto portarlo in ospedale. Doveva essere ubriaco, o sotto shock, perché ogni volta che riusciva a divincolarsi e a fare qualche passo verso il ciglio della strada barcollava vistosamente. Alla fine si rimise seduto in barella con una coperta sulle spalle e la testa tra le mani. Implorava, inciampando nelle parole, che lo lasciassero restare. I due infermieri gli si avvicinarono con circospezione e cominciarono a tamponargli il naso. Augusto, a bassa voce, lo malediceva senza sosta. Nevio, invece, che taceva e di tanto in tanto tirava su col naso, pareva avesse perso del tutto le forze e, più che di trattenerlo, avevo adesso l'impressione di sorreggerlo, tanto che a poco a poco avevo finito col piazzarmi alle sue spalle e infilargli le braccia sotto le ascelle.

E quando l'uomo che dirigeva le operazioni riemerse da dentro l'abitacolo e, drizzatosi in piedi, posò su tutti noi uno sguardo fuori fuoco, cieco e inespressivo, prima di riscuotersi da quella fissità stranita e gridare che gli portassero subito una lettiga – persino allora, quando un fremito misto di speranza e di anticipato orrore ci percorse da capo a piedi, Nevio non mostrò il minimo segno di reazione. Tutto ciò che disse fu: «Lasciami, ho freddo. Vado a prendermi la giacca».

Sciolsi la presa. Anch'io rabbrividivo. L'aria notturna rinfrescava in fretta e quella mattina, per la prima volta dopo la notte dello scirocco, il paese si sarebbe svegliato sotto la rugiada. Lasciai andare Nevio, lo guardai allontanarsi lungo la strada in salita finché non scomparve nella chiazza di buio sotto le acacie.

Mi voltai: ora due infermieri scendevano in diagonale lungo la scarpata spiegando una coperta argentata, accecante sotto le fotoelettriche. Risalirono poco dopo con la barella e fu allora che vidi i piedi di Sandra spuntare nudi e slogati da sotto la metallina e per un attimo, un istante durante il quale la gioia mi sollevò così in alto da tagliarmi il respiro, mi parve davvero che si muovessero – ma erano solo i sobbalzi della lettiga ogni volta che uno degli infermieri per superare un impaccio sul suo cammino doveva piegare un ginocchio.

Augusto mi strinse forte un braccio.

«Dov'è Nevio?», chiese. «Dobbiamo portarlo via subito».

Gli dissi, staccando le parole per trovare il fiato, che aveva freddo e che era andato in macchina a prendersi la giacca.

«Ah, eccolo che torna», aggiunsi.

Augusto non mi rispose. Non aveva più il tempo di spiegarmi. Scattò e, sbilanciato e zoppo com'era, finì addosso a uno dei carabinieri, che per non cadere gli si aggrappò alla camicia. Si liberò con uno strattone e ripartì, ma ormai era tutto inutile, era solo una corsa come se ne fanno negli incubi, una frenesia scomposta di gambe e braccia che non poteva cambiare niente.

Nevio, giunto accanto all'ambulanza, scostò il braccio destro da dietro la schiena e lo tese davanti a sé. Stringeva la stessa pistola che Augusto mi aveva mostrato poche ore prima alla festa e che nel suo garage avevo potuto soppesare, accarezzare, annusare; ma in quel momento, nella sua piccola mano, appariva estranea e indecifrabile come un demone azteco scolpito nella pietra nera.

Abate era seduto in barella e, poiché stava seguendo con lo sguardo i due infermieri che risalivano la scarpata, non si era accorto di nulla.

«Scappa!», gli gridò Augusto, «buttati, buttati giù».

Allora si girò, prima verso di noi e poi verso Nevio. Quindi tornò a guardarci – i soccorritori, i carabinieri, i curiosi – come se tutti ci fossimo riuniti lì per decidere della sua salvezza.

Nevio gli avvicinò la canna alla testa e con apparente noncuranza tirò il grilletto, e Abate fu scaraventato giù dalla lettiga e cadde di lato, a testa in giù, le gambe che scalciavano in aria. Anche Nevio crollò – in ginocchio, con la testa tra le mani – e gridava «Sandra! Sandra!», e nei pochi momenti che occorsero ai carabinieri per buttarglisi addosso l'oscurità stessa della notte andò in pezzi, semplicemente non esisteva più, non c'era mai stato un prima dello sparo e non ci sarebbe mai stato un dopo, e mentre anch'io mi precipitavo verso l'ambulanza pensavo che le nostre vite non sarebbero più esistite neppure come ricordo e tutti saremmo stati condannati e rinchiusi per sempre in quell'unico assordante punto di tempo.

Quando lasciai la caserma era giorno fatto e cadeva una pioggia affilata che mi pungeva le braccia nude: rabbrividendo, cercai la fermata degli autobus e mi riparai sotto la pensilina. Telefonai a Carla e le dissi di preparare i bagagli, suggerendo che lei e Giulia partissero al più presto, quella mattina stessa, e io le avrei raggiunte in treno dopo qualche giorno. Le domandai se avesse notato qualcosa di strano in paese, ma lei rispose che non era ancora uscita di casa. Tacque un momento, poi aggiunse: «Adesso che ci penso sì. Le vecchie davanti a casa nostra stamattina non hanno scambiato una parola». Rimisi in tasca il cellulare. Mi fischiava un orecchio a causa dello sparo e avevo mal di testa. Era come avere un diapason vibrante affondato alla base del cranio.

Da anni, ormai, non prendevo l'autobus che dalla pianura risaliva la valle fino a Castagneto. Ero l'unico passeggero. Mi sistemai in un sedile dell'ultima fila e, la fronte appoggiata al vetro fresco del finestrino, mi sforzai di dormire un po'. Ma ogni volta, come durante tutta quella notte passata in caserma – per la maggior parte in lunga, insensata attesa – il lampo dello sparo tornava a balenarmi dietro le palpebre. Riaprivo gli occhi abbacinati e osservavo la campagna, i campi di grano che diventavano bruni sotto la pioggia, i pescheti a perdita d'occhio, il granturco dai fusti ancora stecchiti e svuotati dall'arsura dei giorni passati. Banchi di nuvole basse spingevano lunghi tentacoli grigi fino nel fondovalle e i colori sembravano arretrare davanti al mio sguardo. Soltanto il piccolo cimitero di guerra del Commonwealth, con il suo rettangolo di prato britannico e le sue croci candide, era lo stesso delle mie prime giornate a Castagneto, quando dietro il verde ancora non si affacciavano i gialli smorti e le inevitabili terre bruciate che il talento di Carla era riuscito a insinuare nel suo olio su tela.

In fondo, pensai, non era partito tutto da lì – da quel cimitero, dal mio libro dell'anno prima che parlava proprio di una stagione tanto aspra da lasciare stupefatti i soldati che, dopo aver piegato i duri fanti della Wehrmacht, si erano ritrovati in questa valle, *in the Northern Apennines*, affondati nel fango fino alle ginocchia, a gelare sotto la pioggia e a crepare di polmonite? Se Augusto la prima sera mi avesse parlato d'altro, e soprattutto se la mia vanità e la mia curiosità per i suoi tatuaggi legionari non mi avessero impedito di comportarmi come fino ad allora mi ero sempre comportato con lui e sua moglie; se cioè io e Carla ci fossimo limitati ai saluti e alle solite cortesie, le cose avrebbero potuto andare diversamente? Forse sì, e allora? La vanità: nessuno ne è sprovvisto. E poi, chi poteva immaginare come sarebbe finita?

Augusto avrebbe passato i suoi guai: su questo non c'erano dubbi. Non solo la pistola non risultava regolarmente denunciata, ma in nessun caso avrebbe potuto portarsela in giro per il paese, figuriamoci alla festa di ferragosto, e lasciarla incustodita in uno scomparto del cruscotto della Land Rover permettendo a Nevio di impadronirsene e far giustizia di Abate.

La vita di Nevio, dopo quarant'anni, sarebbe cambiata. Avrebbe dovuto rimanere per mesi in osservazione in una comunità, una casa-famiglia o qualcosa del genere, e chissà come sarebbe stato per lui scoprire di non essere l'unico al mondo con un cromosoma in più.

Mi alzai e premetti il pulsante di richiesta della fermata. Quando le porte si aprirono scesi e mi misi a camminare sul ciglio della strada. Giunto all'altezza del vialetto in salita, svoltai e in pochi minuti raggiunsi il cimitero degli inglesi.

A quell'ora il cancello era chiuso, ma il muretto di cinta mi arrivava alla vita e non ebbi difficoltà a scavalcarlo. Tutto questo lo feci sovrappensiero, senza chiara intenzione, sull'onda di un ricordo che si faceva largo in profondità come un pesce che, nuotando in un'acqua torbida, increspa la superficie pur restando invisibile. Per un po' passeggiai sull'erba fine, fermandomi di tanto in tanto a leggere un nome o un epitaffio. Finché quel pesce venne a galla, per un attimo lasciò l'ombra melmosa del fondale e salì a sfiorare la superficie. Una scaglia brillò. Io tornai sui miei passi, e questa volta cominciai a percorrere le file di croci e lapidi a una a una, e quando trovai quella che, pur senza saperlo, ero venuto a cercare, ebbi finalmente coscienza di cosa stessi facendo lì.

Capitano Richard D. Starr, 1914-1945.

Sotto l'elaborato fregio reggimentale era incisa, come epitaffio, una citazione da Rupert Brooke, un poeta morto nel 1915 sulla nave che lo conduceva al massacro di Gallipoli: *there is some corner of a foreign field that is forever England.*

Il capitano era la figura centrale di una delle storie più antiche che mia madre mi avesse mai raccontato. Sessant'anni prima, nei mesi che seguirono la liberazione di Castagneto, mia nonna ospitò la mensa ufficiali di un battaglione inglese d'artiglieria e Starr – che doveva soffrire in modo crudele l'interminabile lontananza dalla famiglia – era rimasto conquistato dalla bimba di casa, mia madre, che aveva allora cinque anni (una foto custodita nel comò della camera da letto la mostrava davanti a un fondale di studio vestita con un bianco abitino a balze dalle maniche corte e rigonfie, i capelli sollevati in una delle teatrali acconciature che le dive dell'epoca avevano imposto alla moda). Le regalava enormi scatole di caramelle inglesi, che in quei tempi di pane e castagne rappresentavano un tesoro. Se la portava in giro per il paese sul suo cavallo bianco e, nel mezzo del disastro generale, tra il fango e le macerie, agli occhi della bambina l'animale doveva sembrare davvero meraviglioso e fatato. Mary, le diceva in italiano, quando finisce la guerra ti porto con me a Londra.

Fu ucciso alla fine dell'inverno, da uno di quegli sporadici tiri di artiglieria con cui i tedeschi cercavano di impedire ai loro nemici di rilassarsi troppo. Poco dopo, in primavera, il fronte balzò verso la pianura e i soldati abbandonarono Castagneto per trasferirsi nella bassa valle. La vita, in paese, riprese il suo corso normale.

Sentii il rumore di un'automobile che, lasciata la provinciale, scalava una marcia e affrontava la salita. Veniva dritta verso di me. Doveva essere il custode: scavalcai il muretto, mi allontanai senza indugio e me ne tornai alla fermata.

Mentre aspettavo mi resi conto che aveva smesso di piovere. Non c'era, però, il più piccolo spiraglio tra le nubi. Faceva freddo e, tanto per scaldarmi un po', mi incamminai verso la fermata successiva. L'autobus mi sorprese esattamente a metà tra le due, e per quanto mi sbracciassi e gridassi non accennò neppure a rallentare.

Raggiunsi il paese a piedi.

In piazza, davanti alla chiesa, c'era il solito assembramento in attesa della messa, e come ogni domenica mattina d'estate i negozi erano aperti. Ma che qualcosa fosse cambiato era chiaro. Da tutta quella gente, invece del solito vociare composito e allegro punteggiato qua e là, a dispetto dell'occasione, da uno scoppiettare di bestemmie dialettali, non venivano che un calpestio sommesso, un picchiettare di ombrelli sul selciato e colpi di tosse nervosa. Credo che nessuno riuscisse a sviare i pensieri da quanto era successo nella notte e, allo stesso tempo, nessuno fosse ancora disposto a parlarne.

Li evitai, costeggiando le case sul lato opposto della piazza; ma questo non gli impedì di piantarmi gli occhi addosso come accadeva quando al bar faceva la sua comparsa, a tarda ora, una faccia forestiera. Affrettai il passo, ingobbito sotto quegli sguardi. Avevo freddo, tremavo, i miei abiti e le mie scarpe erano zuppi e sporchi di fango. Ero colpevole. Con vergogna, mi resi conto di avere ancora indosso la camicia hawaiana gialla e arancione.

Carla mi stava aspettando. Era affacciata alla finestra e appena mi vide mi corse incontro giù per le scale. Aveva gli occhi lucidi e arrossati, ma si sforzò di trattenere le domande. Si era truccata e pettinata con cura; ma le ore successive alla mia prima telefonata dalla caserma dovevano essere state angosciose: non aveva potuto fare altro che chiamare Stefania, trovandola in piena crisi di nervi e senza notizie significative, e non aveva potuto raggiungermi a causa della bambina. Ora l'agitazione senza sbocchi, la paura e la rabbia di quei momenti riemergevano nella tensione delle labbra e nel battito troppo frequente delle ciglia, le scompigliavano le frasi al di là di ogni possibile dissimulazione.

Lo squillo del telefono nel cuore della notte, mi raccontò, aveva svegliato Giulia, che non era poi riuscita a riprendere sonno. A lungo avevano aspettato il mio ritorno, insieme, disegnando e colorando figure di animali. Ora la bambina dormiva rannicchiata sulla poltrona.

Dissi che dovevano andarsene subito. Carla non era d'accordo. Avrebbe voluto che partissi anch'io. Quando le feci presente che avrei voluto assistere ai funerali e, soprattutto, andare a trovare Nevio appena possibile, mi propose di restare tutti insieme. Allora le parlai delle sfrontate malevolenze che sarebbero sorte e che avrebbero riguardato in primo luogo Augusto, il forestiero che aveva rovinato Abate, poi me in quanto suo amico, infine la mia famiglia – perché in paese odio e rancore dilagavano con la massima naturalezza lungo le genealogie.

Mentre preparava i bagagli, andai a farmi una doccia.

Finii di asciugarmi, poi mi infilai un paio di pantaloni presi a caso tra quelli ammucchiati sulla sedia accanto al mio lato del letto e tornai in cucina.

«Ti prego», ripeté Carla, «parti con noi. Nevio non te lo lasceranno vedere comunque».

Giulia dormiva ancora sulla poltrona. Sul tavolo erano sparsi i pennarelli e i suoi album da disegno.

Aveva ragione Carla. Non mi avrebbero mai permesso di incontrare Nevio – non nei primi giorni, almeno. Ma credo che a convincermi, alla fine, siano stati quei fogli colorati a metà, quei disegni iniziati e subito abbandonati e quei pennarelli lasciati lì senza cappuccio.

La partenza fu simile alle mie fughe di un tempo: rapinosa, con i cassetti svuotati sui letti, i vestiti ficcati in valigia senza nemmeno piegarli e la corsa in macchina con gli occhi in fiamme per l'insonnia e i postumi dell'alcol. Guidai in silenzio, con la testa incassata tra le spalle e i pugni troppo stretti sul volante. Attraversai i paesi senza staccare il piede dall'acceleratore come se temessi che, rallentando, potessimo venire risucchiati indietro nella notte.

Solo dopo aver imboccato l'autostrada accostai in una piazzola e permisi a Carla di darmi il cambio al volante. Risalito in macchina, spinsi indietro il sedile e regolai lo schienale. Mi assestai volgendomi leggermente di lato, in modo da poggiare sulla spalla e sul fianco destro e poter guardare fuori dal finestrino, e fu allora – sciolta in parte la tensione della fuga – che mi accorsi dell'oggetto cubico, spigoloso, che nella tasca destra dei pantaloni, schiacciato tra me e il sedile, mi premeva sulla coscia. Infilai la mano e subito, prima ancora di ritrarla, ebbi davanti agli occhi la scatola di raso azzurro di Nevio. Dentro c'era l'anello con la stellina di granato verde che avrebbe voluto regalare a Sandra. Me l'ero fatto consegnare promettendo di riportarlo al negozio, ma trovandolo chiuso (quella mattina Abate era impegnato nel suo scontro in piazza con Augusto), avevo finito col tenermelo in tasca. Una volta cambiati i pantaloni, me ne ero dimenticato – e adesso era lì, e mi accusava.

Epilogo

Non so perché seguii il consiglio di Carla – perché, cioè, aperto il finestrino, scaraventai scatola e anello sull'autostrada, dove le auto alle nostre spalle li fecero rapidamente a pezzi. Avrebbe dovuto trattenermi, sul momento, almeno la banale considerazione del valore materiale dell'oggetto, che certo sarebbe stato meglio cercare di restituire. Ma esisteva tra noi anche un dissidio più profondo. Carla credeva che avremmo potuto camminare più spediti, noi due assieme, se avessimo cancellato le testimonianze del recente passato: oggetti, luoghi e abitudini. Io sospettavo che distruggere e cancellare non fossero affatto la stessa cosa, e – nel breve attimo che mi ci volle per compiere il gesto – mi attraversò la mente l'idea che gettare la scatola dal finestrino avrebbe significato trasformarla in una presenza ricorrente tra i miei pensieri. Era un timore irrazionale e superstizioso, ma anche i propositi di Carla lo erano, tanto più che il magistrato incaricato dell'inchiesta sull'omicidio di Abate avrebbe potuto chiedermi un giorno o l'altro di consegnare la scatola e l'anello per acquisirli come elemento di prova. Ma ormai era fatta: centinaia di pneumatici avrebbero continuato a calpestarne le briciole fino a impastarle con l'asfalto.

Carla fu irremovibile nel rifiutare di rimettere piede in paese. Ci tornai io, per completare i sopralluoghi necessari al libro, riprendermi le foto stipate nel comò e cercare di rivedere Augusto. Ma il cancello della villa era bloccato con un grosso lucchetto, le imposte sprangate, il giardino andava in malora. L'intero paese sembrava svuotato, ridotto a un fondale di cartapesta. Le rare auto percorrevano la via principale da un capo all'altro senza nemmeno rallentare e il cielo era un lago di silenzio dove i rintocchi del campanile affondavano senza un'increspatura. Fui spesso sul punto di bussare alla porta dei genitori di Nevio per avere sue notizie, ma mi trattenne sempre il timore dell'ostilità con cui sarei stato accolto – la stessa che accomunava l'intero paese e che doveva aver perseguitato Augusto e Stefania costringendoli alla fuga. Per la prima volta nella mia vita, riuscivo ad andarmene senza guardarmi alle spalle.

Così, durante la settimana tra Natale e Capodanno proposi a Carla di vendere la casa di Castagneto con tutto ciò che conteneva. Lei accettò senza false reticenze.

Lo stesso giorno mi rivelò di essere incinta. Si era comprata dei test in farmacia, e per tre volte erano risultati positivi. Una visita dal ginecologo, cui si era rivolta a mia insaputa, aveva confermato l'esito, e Carla in quei giorni era raggiante, l'urgenza del futuro la teneva sveglia la notte con gli occhi spalancati nel buio e la spingeva fuori dal letto all'alba – quando si vestiva cercando di non far rumore mentre io fingevo di dormire e la spiavo sporgendo di tanto in tanto la testa di sotto le coperte.

Prenotò la prima ecografia per la metà di gennaio: ci andammo tutti insieme. Avevamo spiegato a Giulia che avrebbe potuto vedere il nuovo fratellino addormentato nella pancia della madre, ma poiché ancora non si notava alcun rigonfiamento – e lei, invece, non aveva dimenticato il pancione ogivale di Teresa – per tutto il tragitto da casa allo studio medico diede prova di un cauto scetticismo: un atteggiamento, del resto, non troppo diverso dal mio, motivato da ben altre ragioni. Io credevo che dopo tutti quei mesi vissuti nell'ipnosi della morte non sarei mai più stato in grado di generare alcunché.

Dopo essersi stesa sul lettino, non appena il dottor Pisanu le ebbe passato una prima volta il trasduttore sulla pancia, Carla iniziò a singhiozzare sempre più forte, finché il suo corpo fu talmente scosso e agitato che l'immagine ecografica cominciò a rimbalzare ai quattro angoli del monitor e il medico dovette fermarsi, porgerle un fazzoletto di carta e aspettare che si calmasse. Lei si soffiò il naso e riprese fiato. Il dottore ricominciò a muovere il trasduttore avanti e indietro e presto annunciò: «Ci siamo, eccolo».

Carla alzò lo sguardo sul monitor – e questa volta non ci furono singhiozzi, solo lacrime che scorrevano lungo le guance e scendevano a bagnarle il colletto, e dovetti passarle altri fazzoletti perché potesse mettere a fuoco i particolari che gli ingrandimenti via via crescenti permettevano di individuare.

«Ma quello non è un bambino», strillò Giulia, «è un fagiolo!»

Carla mi guardò e scoppiò a ridere tra le lacrime. Quattro anni prima, anche noi ci eravamo riferiti alla prima immagine di Giulia chiamandola proprio così, «il fagiolo».

«Non fare tanto la furba», dissi indicando a mia figlia la minuscola macchia chiara sullo schermo, «tu eri anche più piccola di così».

«Ecco, guardate, si vede già il cuore», esclamò Pisanu.

Mi accostai al monitor mentre il medico effettuava una serie di misure spostando un cursore con il mouse, ma nell'immagine di medusa tracciata dalla scansione a ultrasuoni non riuscii a distinguere nulla di familiare. Lo ascoltavo illustrare lo sviluppo dell'aorta, dei ventricoli e degli spessori parietali, ma riuscivo a concentrarmi solo a momenti, su singole parole o brevi tratti di discorso, e il senso generale mi sfuggiva.

Allora arretrai, mi allontanai dal lettino e dal monitor, mi sedetti su una delle poltroncine davanti alla scrivania e ripensai alla veduta che Carla aveva dipinto a Castagneto, al suo testardo tentativo di forzare la staticità della rappresentazione per inserirvi quello che lei considerava irrinunciabile, il mutamento, la trasformazione, tutte le forze che io allora avevo dimenticato, o negato, e da cui ora stavo per essere sommerso. Ripensai anche alla tragedia in cui si era conclusa l'estate, e all'oscena dimostrazione di forza con cui la malattia aveva annientato mia madre nel corso dell'inverno precedente, e mi dissi che se solo mi fosse stata concessa l'opportunità di scorgere un legame qualsiasi tra quegli orrori e la bellezza e la capacità di rigenerazione del mondo, il mio scandalo avrebbe potuto iniziare a trasformarsi in qualche forma, per me ancora inconcepibile, di comprensione. E pensai ancora a mia madre. Non più a lei prigioniera del suo letto d'ospedale che, come su una zattera alla deriva, un minuto dopo l'altro si staccava sempre più dalla terra su cui ci trovavamo noi vivi e si allontanava impercettibilmente verso il largo, verso la morte vasta quanto l'orizzonte – ma a mia madre il giorno in cui era nata Giulia, quando uscendo dalla sala parto dove mi ero rifiutato di mettere piede mi porse la piccola urlante avvolta nella coperta isotermica, al suo sorriso a bocca chiusa la cui intensità si sfogava tutta nel brillio degli occhi stanchi, nelle pupille accese dalla luce della mattinata di settembre, nel lieve rossore delle guance, nell'inarcatura delle sopracciglia e nel risveglio vivace dei tratti che sembravano aver trovato la forza di vincere la gravità degli anni.

Il piano di vetro della scrivania vibrò leggermente sotto le mie mani: i fogli si riversavano uno dopo l'altro nel cassettino della stampante. Carla si stava risistemando la camicetta sotto la gonna e il dottor Pisanu consultava l'agenda per fissare l'appuntamento successivo.

Più tardi, a casa, avremmo riposto le nuove immagini in una cartellina azzurra, la stessa che avevamo usato per Giulia. La nostra vita avrebbe ripreso il suo corso normale, ma solo in apparenza – perché dal grumo di materia al centro di quelle immagini, come dalla singolarità gravitazionale da cui aveva preso il via l'espansione dell'universo, si stavano già sviluppando un nuovo tempo e un nuovo spazio, qualcosa che avrebbe travolto tutto quello che eravamo, avrebbe creato il caos e ci avrebbe riplasmati in una forma imprevedibile. Giulia era troppo piccola per rendersene conto e Carla, lo sapevo bene, vi era preparata da tempo.

Io, per me, sentivo di non meritare nulla di meno.

INDICE

TITOLI DI CODA

Paesaggio con incendio
di Ernesto Aloia

editing	Nicola Lagioia
impaginazione	Enrica Speziale
correzione delle bozze	Enrica Speziale
	Dario Matrone
	Liborio Conca
progetto grafico	Riccardo Falcinelli
illustrazione di copertina	Alessandro Gottardo
stampa	Iacobelli srl
promozione e distribuzione	Pde Italia

al momento in cui questo libro va in stampa
lavorano a minimum fax
con Marco Cassini e Daniele di Gennaro:

direttore editoriale	Martina Testa
ufficio stampa	Alessandro Grazioli
	Rossella Innocentini
editor collana Nichel	Nicola Lagioia
consulente narrativa francese	Lorenza Pieri
editor collana Indi	Christian Raimo
redazione	Dario Matrone
	Enrica Speziale
ufficio diritti	Lorenza Pieri
redazione web	Giulia Bussotti
amministrazione	Benedetta Persichetti
	Barbara Bernardini

responsabile magazzino	Costantino Baffetti
libreria minimum fax	Francesca De Cesare
minimum fax media	Barbara Bernardini
	Arianna Bonazzi
responsabile corsi	Rachele Palmieri
minimum fax live	Alessandra Limentani
	Mattia Cianflone

La vanità: nessuno ne è sprovvisto.

www.minimumfax.com

NICHEL (ULTIME USCITE)

6. Christian Raimo *Latte*
7. Nicola Lagioia *Tre sistemi per sbarazzarsi di Tolstoj (senza risparmiare se stessi)*
8. Riccardo Falcinelli & Marta Poggi *Cardiaferrania*
9. Leonardo Pica Ciamarra *Ad avere occhi per vedere*
10. Ernesto Aloia *Chi si ricorda di Peter Szoke?*
11. Valeria Parrella *mosca più balena*
12. Francesco Pacifico *Il caso Vittorio*
13. Riccardo Raccis *Il Paradosso di Plazzi*
14. Aa. Vv. *La qualità dell'aria. Storie di questo tempo*
15. Christian Raimo *Dov'eri tu quando le stelle del mattino gioivano in coro?*
16. Paolo Cognetti *Manuale per ragazze di successo*
17. Aa. Vv. *Best off. Il meglio delle riviste letterarie italiane. Edizione 2005*
18. Giordano Meacci *Tutto quello che posso*
19. Ivano Bariani *16 vitamine*
20. Valeria Parrella *Per grazia ricevuta*

21. Marco Mancassola *Il ventisettesimo anno. Due racconti sul sopravvivere*
22. Aa. Vv. *Best off 2006. Letteratura e industria culturale. Il meglio delle riviste letterarie italiane*
23. Ernesto Aloia *Sacra Fame dell'Oro*
24. Carlo D'Amicis *Escluso il cane*
25. Carola Susani *Pecore vive*
26. Antonio Pascale *S'è fatta ora*
27. Aa. Vv. *Voi siete qui. Sedici esordi narrativi*
28. Fabio Stassi *È finito il nostro carnevale*
29. Riccardo Falcinelli & Marta Poggi *L'allegra fattoria. Sette racconti per adulti cattivi*
30. Elena Stancanelli *A immaginare una vita ce ne vuole un'altra*
31. Veronica Raimo *Il dolore secondo Matteo*
32. Paolo Cognetti *Una cosa piccola che sta per esplodere*
33. Aa. Vv. *Tu sei lei. Otto scrittrici italiane*
34. Fabio Stassi *La rivincita di Capablanca*
35. Carlo D'Amicis *La guerra dei cafoni*
36. Paolo Mascheri *Il gregario*
37. Giorgio Vasta *Il tempo materiale*
38. Giuseppe Genna *Italia De Profundis*
39. Aa. Vv. *Senza corpo. Voci dalla nuova scena italiana*
40. Eleonora Danco *Ero purissima*
41. Peppe Fiore *La futura classe dirigente*
42. Aa. Vv. *Anteprima nazionale. Nove visioni del nostro futuro invisibile*
43. Laura Pugno *Quando verrai*
44. Aa. Vv. *Ogni maledetta domenica. Otto storie di calcio*
45. Giuseppe Genna *Assalto a un tempo devastato e vile. Versione 3.0*
46. Carlo D'Amicis *La battuta perfetta*
47. Domenico Starnone *Fare scene. Una storia di cinema*
48. Stefano Jorio *Radiazione*
49. Tommaso Pincio *Lo spazio sfinito*
50. Ernesto Aloia *Paesaggio con incendio*

SOTTERRANEI (ULTIME USCITE)

133. Angela Pneuman *Rimedi casalinghi*
134. Todd Hasak-Lowy *Prigionieri*
135. John O'Brien *Via da Las Vegas*
136. Isaac Asimov *Gli enigmi dei Vedovi Neri*
137. A.L. Kennedy *Geometria notturna*
138. Dizzy Gillespie con Al Fraser *To be or not to bop. L'autobiografia*
139. Adam Mansbach *La fine degli ebrei*
140. Véronique Ovaldé *E il mio cuore trasparente*
141. Leonard Cohen *Le spezie della terra*
142. Ethan Hawke *L'amore giovane*
143. George Saunders *Nel paese della persuasione*
144. John O'Brien *Lezioni di strip-tease*
145. Ben Ratliff *Come si ascolta il jazz*
146. Zadie Smith *Cambiare idea*
147. Nick Laird *L'errore di Glover*
148. Georgina Harding *Il gioco delle spie*
149. Kevin Canty *Dove sono andati a finire i soldi*

MINIMUM CLASSICS (ULTIME USCITE)

21. John O'Hara *Venere in visone*
22. Athol Fugard *Tsotsi*
23. Bernard Malamud *Gli inquilini*
24. William H. Gass *Prigionieri del paradiso*
25. Walter Tevis *Lo spaccone*
26. Richard Yates *Easter Parade*
27. Alan Sillitoe *La solitudine del maratoneta*
28. Henry Miller *Parigi-New York andata e ritorno*
29. Richard Yates *Una buona scuola*
30. Ann Beattie *Gelide scene d'inverno*
31. Bernard Malamud *Le vite di Dubin*
32. Walter Tevis *Il colore dei soldi*
33. Richard Yates *Cold Spring Harbor*
34. John Barth *La vita è un'altra storia. Racconti scelti*
35. John Hawkes *Arance rosso sangue*
36. Alan Sillitoe *Sabato sera, domenica mattina*
37. Bernard Malamud *Ritratti di Fidelman*
38. Richard Yates *Bugiardi e innamorati*

I QUINDICI

1. Raymond Carver *Cattedrale*
2. David Foster Wallace *La ragazza dai capelli strani*
3. Richard Yates *Revolutionary Road*
4. Ethan Hawke *Mercoledì delle Ceneri*
5. Virginia Woolf *Diario di una scrittrice*
6. Aa. Vv. Burned *Children of America*
7. Valeria Parrella *mosca più balena*
8. Chet Baker *Come se avessi le ali. Le memorie perdute*
9. Raymond Carver *America oggi*
10. Miles Davis con Quincy Troupe *Miles. L'autobiografia*
11. David Foster Wallace *Una cosa divertente che non farò mai più*
12. Orson Welles *It's all true. Interviste sull'arte del cinema*
13. John Barth *L'Opera Galleggiante*
14. John Perkins *Confessioni di un sicario dell'economia.*
15. Flannery O'Connor *Nel territorio del diavolo. Sul mistero di scrivere*

FILIGRANA (ULTIME USCITE)

35. Alfonso Berardinelli *L'abc del mondo contemporaneo. Autonomia, Benessere, Catastrofe*
36. Vittorio Giacopini *Fuori dal Sistema. Le parole della protesta*
37. Anton Čechov *Scarpe buone e un quaderno di appunti. Come fare un reportage*
38. David Mamet *Note in margine a una tovaglia. Scrivere (e vivere) per il cinema e per il teatro*
39. Raffaele La Capria *Caro Goffredo. Dedicato a Goffredo Parise*
40. Jack London *Pronto soccorso per scrittori esordienti*
41. Lawrence Grobel *Colazione da Truman. Incontri con Capote*
42. Adelia Battista *Ortese segreta. Ritratto intimo di Anna Maria Ortese*
43. Anthony Burgess *L'importanza di chiamarsi Hemingway*
44. Eudora Welty *Una cosa piena di mistero. Saggi sulla scrittura*
45. Edmund White *La doppia vita di Rimbaud*
46. Fabio Stassi *Holden, Lolita, Živago e gli altri. Piccola enciclopedia dei personaggi letterari (1946-1999)*

Questo libro è stampato su carte dotate di certificazione FSC.
Per il testo: carta Vega delle cartiere Burgo.
Per la copertina: carta Symbol Freelife Satin delle cartiere Fedrigoni.

finito di stampare nel dicembre 2010
presso Iacobelli srl – Pavona (Roma)
per conto delle edizioni minimum fax

ristampa anno

10 9 8 7 6 5 4 3 2 1 2011 2012 2013 2014